혼자 있는 시간이
나를 만든다

혼자 있는 시간이 나를 만든다

래띠 지음

필름

삶이라는 건, 너무 예민해서
한순간 어떤 선택을 하느냐에 따라서
매 순간 변화합니다.

쌓인 업무를 모두 처리하고 퇴근했다면
다음 날 출근길이 가벼워질 테고,

야식의 유혹을 이기지 못하고
잔뜩 먹었다면
다음 날 통통 부은 얼굴로
시작하게 될 테죠.

나의 작은 선택들이
아주 가까운 미래부터 변화시킵니다.

그렇다면 인생을 길게 보았을 때,
이러한 작은 선택들이 모여
얼마나 큰 변화를 만들어 낼까요?

가볍게 넘겼던 크고 작은 선택과 태도가
지금의 나를 만들었고,
현재를 만들고 있고
1년 뒤, 5년 뒤, 10년 뒤의
나를 만들 것입니다.

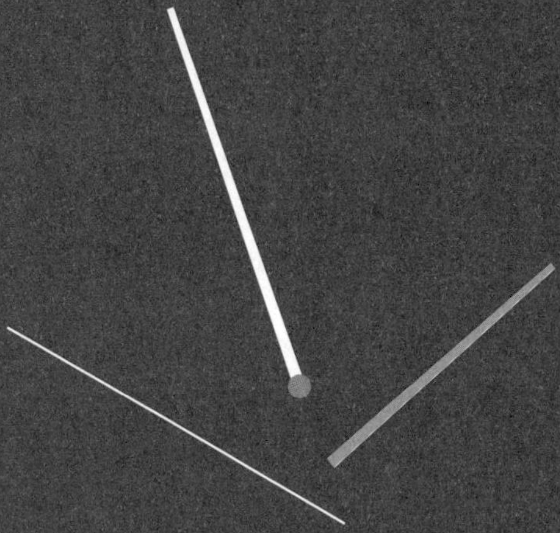

결국 중요한 것은,
내가 가고자 하는 명확한 방향입니다.
목적지가 확실한 사람은
갈림길을 만나더라도
주저하거나 헤매지 않고 나아갑니다.

언제나 그랬듯,
모든 답은 '나'에게 있습니다.

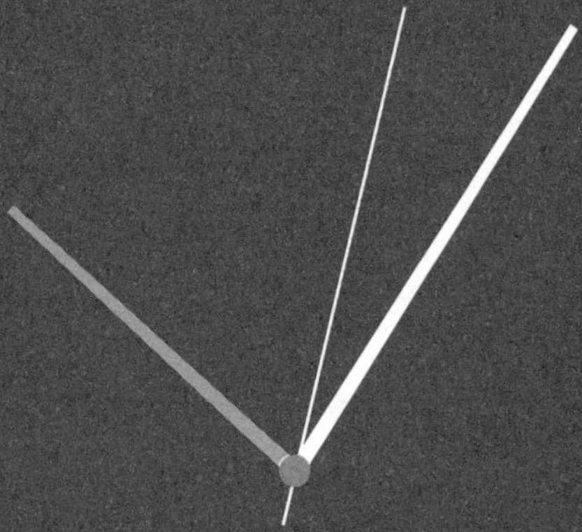

차례

08:00 AM

15:00 PM

23:00
PM

08:00
AM

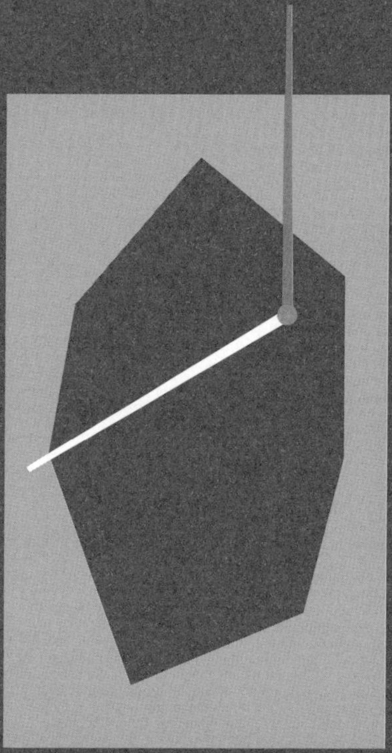

쉬지 않고 일하는 '갓생'은 행복할까

'스스로를 정당화하기 위해서 노력하는 건 아닐까?'

얼마 전까지는 '욜로(YOLO)'라는 단어가 유행했던 것 같은데, 이제는 '갓생(GOD－生)'이 유행인가 보다. 유튜브나 인스타그램으로 타인의 삶을 손쉽게 엿볼 수 있는 세상이다. 이러한 사회적 흐름에 맞춰 삶을 사는 형태를 바꾸려는 이들의 시도를 매일 전해 듣는다. 삶을 사는 방식이 유행한다는 건 언제나 신선하다.

나는 지난 4년간 거의 휴가도 가지 않은 채 일만 했다. 회사를 다니며 퇴근 후에는 유튜브 영상을 기획하고 촬영하며 편집했고, 주말에는 쇼핑몰 운영에 시간을 투자했다. 평일에 다하지 못한 유튜브 업무는 자연스럽게 주말로 이어졌다. 유튜브 영상 하나를 기획하는 데 하루에서 이틀이 걸렸고, 영상 촬영은 24시간, 편집은 족히 4일은 걸렸다.

"노동은 매일을 풍부하게 하며 휴식은 피곤한 나날을 더욱 값지게 한다. 그뿐만 아니라 노동 후의 휴식은 높은 환희 속에 감사를 불러일으킨다."

샤를 피에르 보들레르의 명언이다. 이러한 명언을 진작 알고 있었음에도 불구하고, '휴식쯤이야, 언제든지 즐길 수 있는 것 중 하나니까 잠시 미뤄두자'라는 오만함을 부렸다. 이게 가능했던 이유는 젊음이라는 무기를 쥐고 있었기 때문이었다.

갓생이 유행해서 그런 건 아니지만, 그냥 삶을 전반적으로 훑어봤을 때 쉬지 않고 일할 타이밍이라 여겼다(물론 갓생이라는 단어는 그 후에 알게 되었다). 하지만 바쁘게 사는 삶을 굳이 앞세워 자랑하거나 본보기로 여겨달라고 말하기 민망한 이유는 이미 많은 사람들이 바쁘게 일하며 쉬지 않는 삶을 자랑하기 때문이다. 전에는 SNS 팔로워를 열심히 모아서 부가적인 수익 창출을 하는 방법을 이야기하는 콘텐츠가 넘쳐났다면, 요즘에는 'SNS 피로증후군'으로 SNS를 떠나고 싶은 사람들이 늘어나고 있다. 몇 년 후에는 그동안 쉬지 않고 일만 했던 젊은 나날을 후회하는 '욜로(YOLO)'가 다시 유행할지도 모르겠다.

현재는 '갓생'을 사는 부지런한 사람들이 점점 많아지고 있다. '갓생'이란 'God－생(날생)'의 합성어로 타의 모범이 되는 목표 지향적인 부지런한 삶을 사는 사람들을 일컫는다. 미라클 모닝이 한창 유행했을 무렵 유튜브에는 실제 미라클 모닝을 실천하는 콘텐츠가 넘쳐났고, 같은 24시간을 조금이라도 더 일찍, 알차게 쓰기 위해 노력하는 사람들이 많았다. 부지런함을 실천하지 못하는 이들에게는 하나의 지침서와도 같은 소중한 재산이 되었을 수도 있겠지만, 이미 스스로 충분히 부지런하다고 생각했던 사람들은 순식간에 좌불안석으로 불안해하기도 했다.
누가 가장 먼저 어린 나이에 성공했는지, 하루에 누가 더 많은 일을 했는지 쉽게 확인할 수 있는 세상이 되어버렸다.

'과연 나는 몇 점짜리 인생인가?'

나 또한 SNS에 영향을 많이 받는 세대로서, 이러한 삶의 형태를 유지하는 게 당연하게 느껴졌다. 휴일에도 생산적인 일을 적어도 하나쯤은 해야 마음이 편안했다. 일이 삶의 전부인 양 행동했고, 숨

가쁘게 달리는 나를 쫓는 게 바로 나인 줄도 모른 채 휴식을 반납했다. 왜, "잠은 죽어서 잔다"는 나폴레옹의 유명한 말도 있지 않은가? 24시간 중 4시간 정도의 수면만 취하며 무언가에 몰두했던 나폴레옹에게는 분명히 수면 부족으로 인한 온갖 부작용이 넘쳐났을 거다. 적어도 나는 그의 피부 상태가 절대로 최상은 아니었을 거라고 장담한다. 올바르게 휴식하는 방법보다도 열심히 사는 방법들이 넘쳐나는 요즘, 휴식은 사치였고 젊었을 때 개미처럼 부지런히 일해야 나중에 누릴 수 있는 행복 역시 커질 것이라고 생각했다. 이때부터 내게 '휴식'이란, 긍정의 의미보다는 부정의 의미로 변질된 건지도 모르겠다.

그렇게 4년을 휴식 없이 일에 삶을 쏟아부은 결과 행복과 여유에 대한 감흥은 점차 사라져갔다. 내가 쏟아부을 수 있는 노력의 한계와 연료가 떨어졌다는 사실을 전혀 알지 못했다. 내가 잠시 멈춰

있는 순간에도 사람들은 계속 앞서가는 듯한 불안감을 견디지 못했다. 주변을 둘러보면 퇴근하고 영어를 배우는 직장인, 본업 말고도 소일거리로 투잡 혹은 쓰리잡을 하는 사람, 파워블로거로 주말에도 바쁜 지인, 어린 나이임에도 사업에 성공해서 큰돈을 벌기 시작한 사람, 빽빽한 스케줄러를 자랑하는 사람 등 도처에 이러한 사람들만 보이니, 어떻게 감히 쉴 수 있겠는가?

더군다나 내 멘탈을 챙기지 못했다. 심리검사를 받을 때면 늘 모든 수치가 건강하게 나왔기 때문에 내 정신 건강에 대한 믿음도 있었다. 나는 생각보다 멘탈이 강한 편이라, 웬만한 스트레스도 결국 해결책을 찾고 부딪히는 스타일이다. 하지만 오랜 시간 노동에 나의 모든 것을 갈아 넣는 행위 속에 시간과 체력은 금방 고갈됐다. 시간과 체력은 한정적이고 삶을 한쪽으로 쏟아부으면 자연스럽게 균형이 무너진다는 건 아무도 알려주지 않는다. 바쁨을 등에 진 탓에 친구들이 나에게 시간을 맞춰주기 일쑤였고, 날카롭게 선 예민함은 가장 친한 친구처럼 졸졸 따라다녔다.

분명히 무언가에 몰두하면 결과는 나온다. 그것이 항상 긍정적이라고 자부할 순 없지만, 내가 집중하는 만큼 그리고 노력하는 만큼 그 결괏값은 긍정의 수치로 올라간다. 그래서 노력하는 만큼 결과가 나온다는 맹목적인 믿음으로 노력했다. 하지만 처음 50의 성과에 200만큼의 행복을 느꼈다면 그다음에는 100의 성과로 100의 행복을, 그다음에는 200의 성과로 50의 행복을 느끼게 된다. 유명인들이 마약과 도박에 빠져 스스로를 타락시키는 뉴스 기사를 볼 때마다 전혀 이해할 수 없었다. 물론 어떤 이유든 마약과 도박은 절대 해서는 안 되는 일임이 분명하지만, 지금은 그들이 뭘 그토록 찾아 헤맨 건지에 대해서 어렴풋하게 알 것 같다. 한마디로 성취감에서 내가 취할 수 있는 행복은 한정적이라는 사실이다. 그래서 우리는 성취감이 아닌 다른 부분에서도 행복감을 취하는 삶을 살아야 한다. 그게 가정이든 취미든 봉사든 휴식이든, 그 무엇이 됐든 다양한 카테고리의 행복을 삶에 채워 넣어야 한다.

다양한 생각은 정원에 씨앗을 뿌리듯이 나를 풍요롭게 만들지만, 한 가지 생각에만 몰두해버리면 썩어버린다. 어떠한 문제는 수학 공식과도 같아서 몰두하면 정답을 찾을 수 있지만, 마음의 여유를 가진 채 한 발자국 뒤에서 바라봐야 비로소 정답이 보이는 문제도 있다. 휴식은 삶의 해결책을 제시해주는 명쾌한 해답이 될 수 있다. 인생은 길기 때문에 결국 오랫동안 올바른 길로 나아가는 게 중요하다. 지금 당장 앞만 보고 달려간다면 올바른 길인지를 판단할 수 있는 시간조차 잃어버린다. 먼 길을 보지 못한 채 바로 눈앞에 놓인 길에만 몰두해서 미친 듯이 달린다면, 그 길이 옳은 길인지 도

대체 언제 판단한단 말인가.

하루하루를 노력하며 살아가는 모든 사람이 '휴식'이라는 단어를 언젠간 취하고 싶은 갈망이 아닌, 내 삶의 균형을 맞춰주는 당연한 것으로 인식하여 쉬는 행위에 죄책감을 가지지 않았으면 좋겠다. 행복의 종류는 분명 다양하다. 단순히 어떠한 성과를 냈을 때만 느끼는 행복감은 일부분일 뿐이다. 충분히 숙면했을 때도 우린 행복감을 느끼고, 좋은 영화나 글을 읽었을 때도 우린 행복감을 느낀다. 이 모든 행복감은 모두 종류가 달라서 다양한 영양소를 섭취하듯 다양한 행복을 느껴야 삶이 조화롭다.

내 머릿속에서 채우고 싶은 삶의 일부분과 내 마음이 채워지는 것은 분명히 다르다. 단순히 멍때리는 행동이 생각보다 뇌 건강에 큰 도움이 되듯이 마음이 채워지는 일들은 실질적으로 삶에 별 도움이 되지 않는 것처럼 느껴질 때가 많다. 그리고 노력을 강요당하는 삶을 살다 보면, 그것들을 쉽게 생각하고 언제든지 포기해도 되는 것들로 치부해버리기 쉽다. 내가 마음 깊이 진정으로 원해서 즐거움을 느끼며 노력하는 일이 아닌 이상 의무감 정도에서 그치는 것이다. 진짜 즐거움을 주는 일이 아닌 것은 시간이 많이 흐른 뒤 되돌아보았을 때 대부분 기억나지 않는다. 그게 과연 가치 있는 일이었을까?

죽기 직전, 나의 삶을 파노라마처럼 되돌아본다면, 노동으로 보낸 시간이 떠오를까, 아니면 휴식으로 보낸 시간이 떠오를까?

휴식에 대한 진정한 의미에 대해서 다시 한번 생각해보는 시간을 가졌으면 좋겠다. 휴식은 잠시 멈춰있는 시간이 아니라, 더 멀리 앞으로 나아가기 위한 충전의 시간이라고 생각한다면, 더 이상 선택의 문제가 아니다. 번아웃이라는 단어도 자주 찾아볼 수 없는 세상이 왔으면 좋겠다. 현재에만 집중하기보다는 삶을 길게 바라보고 그 안에서 완벽한 균형을 찾아가는 게 결국 삶을 제대로 느끼며 살아가는 게 아닐까. 지금도, 내일도, 앞으로도 계속, 결국 행복하게 살아가는 게 중요하다.

죽기 직전 행복했던 순간을 떠올렸을 때 오늘의 기억이 조금이라도 묻어있다면, 오늘 하루는 그걸로 충분하다.

20대에 내가 듣고 싶었던 이야기

유튜브 구독자분들에게 다양한 질문을 받은 적이 있는데, 그중 눈길을 끄는 주제가 하나 보였다. 20대의 시간을 지나고 있는 구독자들을 위한 영상을 만들어달라는 요청이었다. 마음속에 수많은 이야기들이 기지개를 켜고 부풀어 올라 당장이라도 내 생각들을 꺼내놓고 싶었지만, 조금 더 시간을 들여서 이야기를 갈고 닦아야겠다고 생각했다. 가장 훌륭한 글은 어렵고 거창한 이야기가 아니라 간결하고 쉬운 이야기라는 말을 믿기 때문에 조금 더 덜어내고 싶었다. 그렇게 몇 개월 동안 하나의 주제를 오랫동안 마음에 품다 보니, 결국 타인을 향하던 수많은 이야기가 과거 나의 20대 모습을 떠올리게 만들었고, 과거의 나에게 건네는 이야기가 되어버렸다.

#1. 나만의 기준

유튜브에 "화장을 잘하는 방법"이라고 검색하면 수천 개의 영상이 떠오른다. 재밌는 건 그 영상들을 하나하나 유심히 관찰하다 보면, 서로 다른 이야기를 하고 있다는 점이다. 그 이유는 기준이 다르기 때문이다. 아름다움이 기준이 될 수도 있고, 유행이 기준이 될 수도 있고, 이목구비가 기준이 될 수도 있다. 그렇게 화장을 잘하고 싶어서 수많은 영상을 들여다보았지만, 정작 내가 활용할 수 있는 방법은 몇 가지 되지 않는다. 결국 세상에는 서로 다른 기준을 앞세운 정답을 이야기하고 있는 것 같은 이야기들이 차고 넘치지만, 그 모든 이야기가 정답이 아닐 수 있다는 걸 명심해야 한다. 누군가에게는 올해 유행하는 립스틱 컬러가 너무나 잘 어울려 그 유행을 정답처럼 향유할 수 있지만, 누군가에게는 그 립스틱 컬러가 정답이 아닐 수 있다. 이렇듯 옳고 그름에 대한 기준은 모두에게 조금씩 다르게 적용된다. 수많은 사람이 정답이라고 이야기하더라도 나에겐 정답이 아닐 수 있으며, 수많은 사람에게 정답이 아니어도 나에게는 정답이 될 수 있다. 결국 모두에게는 서로 각기 다른 기준이 존재한다는 사실을 깨닫게 되면 어떠한 문제에 직면하더라도, '나'를 정답의 중심에 둘 수 있다.

A라는 영화가 다수의 사람에게 호평을 받았더라도 나에겐 별다른 감흥을 주지 않았다면, 그 영화는 나에게 별로인 영화일 뿐이다. A라는 영화를 어떻게 평가했는지에 대한 결과가 서로를 비난할 수 있는 근거가 되진 않는다. 요즘에는 영화 평론과 관련된 사이트에서 개인의 취향을 정답처럼 강요하는 사람들을 보면 답답한 마음이 커져서 멀리

하게 된다. 연애에서 '밀당'이라는 기술은 어떠한 성격을 가졌는가, 어떠한 상황에 놓여있는가에 따라서 다르게 인식된다. 밀당이 연애 혹은 썸을 성공적으로 이끌어갈 수 있는 방법이라고 의심의 여지 없이 믿은 사람 중에서 일부는 성공했겠지만, 일부는 실패했을 것이다.

이러한 이야기를 가장 먼저 한 이유는, 요즘에는 여러 SNS를 통해서 다양한 이야기들이 정신없이 쏟아지기 때문이다. 그리고 그 이야기들이 마치 정답처럼 느껴질 때가 많다. 바로 이 부분이 요즘 20대의 삶을 방해한다고 생각한다. 정보가 많은 만큼 그 수많은 정보를 스스로 가공해야 하지만, 대부분의 사람은 이 과정을 건너뛴다. 결국 타인의 기준에 나를 대입하기 시작한다. 나만의 기준으로 선택한 정답이 아닌 타인의 기준으로 선택한 정답들이 내 삶에 자리를 차지하기 시작하는 것이다. 타인의 이야기에 귀를 기울이는 시간만큼이나 스스로에게 귀를 기울이는 시간이 필요하다.

#2. 내 사람들

새로운 사람을 가장 다양하게 만날 수 있는 시기가 바로 20대이다. 관계에 대한 그 어떤 트라우마나 피해 의식도 없고 사람에 대한 선입견도 거의 없다. (책임이 따르는) 자율성을 보장받는 성인의 입장에서 다양한 사람들과 인간관계를 맺을 수 있는 시기이다. 그리고 사람 보는 눈을 가장 많이 키울 수 있는 시기이기도 하다. 엄격하게 관계에 기준을 세울 필요까지는 없겠지만, 분명한 건 내 주변 사람들이 생각보다 꽤 긴 시간 동안 나에게 많은 영향력을 행사한다는 점이다. 즉, 그 사람들의 영향력 안에서 삶을 꾸려나가게 된다. 이 말을 쉽게 이야기하자면 "환경이 인간을 지배한다"라는 개념과 같다. 30대, 40대에 내가 겪을 모든 인간관계의 대부분은 20대부터 시작된다.

나이가 들수록 새로운 사람을 만날 수 있는 기회

는 점점 사라지고, 대부분 20대부터 꾸려온 관계들로 삶을 영위한다. 그리고 내가 20대 내내 추구해온 인간관계의 형태는 좀처럼 바꾸기 힘들다. 타인을 대하는 태도, 관계를 대하는 태도와 같은 것들은 20대부터 본격적으로 시작되지만, 그 중요성에 대해서 스스로 깨닫지 못했었다. 누군가를 더 잘 알아보고 싶을 때 우린 종종 이런 말들을 한다. "그 사람의 친구들을 한번 봐봐!" "끼리끼리야."

사람의 이미지를 결정짓는 생김새만큼이나 중요한 요소는 '행동의 잔향'이다. 우리는 향수를 사면 가장 먼저 탑노트가 가진 경쾌하면서도 가벼운 첫향을 접한다. 그러고 짧은 시간이 지나면 미들노트의 부드러우면서도 묵직한 향을 느낄 수 있다. 꽤 시간이 흐른 뒤에는 미세하게 남은 베이스노트의 잔향을 맡게 된다. 생각보다 그 향수를 다시금 생각하게 하는 건, 톡 쏘는 탑노트가 아니라 무심코 맡은 살냄새에 배어있던 잔향이다.

우리는 누군가를 떠올릴 때 외모로만 추억하지 않는다. 말투, 표정, 몸짓… 이 모든 것들이 잔향으로 타인의 기억 속에 남는다. 헤어진 전 연인을 추억할 때도 함께했던 시간 속에 남아있는 수많은 대화와 행동들을 떠올린다. 이렇게 내 행동은 타인의 기억에 아주 오랜 시간 잔향으로 남는다는 사실을 가끔 잊곤 한다. 너무나 사소해서 내가 미처 신경 쓰지 못한 작은 행동조차 내가 예상하는 것보다 타인의 기억 속에 오랜 잔향으로 남아있다.

매 순간 스스로를 피곤하게 만들며 경직된 상태로 지낼 필요는 없지만, 내 몸에 깊게 잔향처럼 배어있는 나쁜 습관들은 20대에 빨리 덜어내는 게 좋다. 그러한 나쁜 습관을 가장 쉽게 고칠 수 있는 시간은 오직 20대 때뿐이다. 내가 떠난 자리를 바라보며 누군가가 나를 떠올릴 때 그 사람의 머릿속에 잔향으로 남겨진 내 흔적이 떨어진 밥풀이 될지, 아름다운 미소가 될지 스스로 선택할 수 있다.

20대를 꼭 완벽하게 보낼 필요는 없다. 가장 좋은 건 스스로가 그 시간을 얼마만큼 만족하며 보냈는지이다. 그리고 그러한 20대를 만족스럽게 보낼 수 있는 팁 중 하나는 훌륭한 조언자를 얻는 것이다. 누군가에게는 그 존재가 부모가 될 수 있고, 누군가에게는 친구가 될 수도 있으며, 누군가에게는 형제 혹은 자매가 될 수도 있다. 그리고 또 좋은 방법은 내가 원하는 이미지를 가진 대상을 마음 한편에 간직하는 것이다. 나는 피아노를 치던 20대에 쇼팽을 마음 한편에 담아두고 그의 감성을 배우길 바랐으며, 성숙한 아름다움을 꿈꾸는 시절에는 오드리 헵번을 마음에 담아두며 시간이 지나도 아름답게 미소 지을 수 있는 사람이 되길 바랐다. 삶의 지혜를 꿈꾸는 시절에는 괴테의 책을 읽으며 세상을 아름답고 현명하게 바라볼 수 있는 태도를 닮길 바랐다.

20대는 혼란스럽고, 의문투성이에 쉽게 정답을 내

릴 수 없는 문제들로 가득하다. 이러한 상황에서 스스로 답을 내려야 한다면, 우리는 생각보다 다양한 곳에서 롤 모델을 찾을 수 있고 그들에게서 무언가를 배울 수 있다.

"사람이 여행을 하는 것은
도착하기 위해서가 아니라
여행하기 위해서이다."

괴테

열심히 사는 삶이 필요할 때

20대에는 나이가 가진 값어치가 크다. 무언가 새롭게 도전하거나 혹은 실패하더라도 다시 일어설 힘이 있다. 또 20대에게는 관대함이 있다. 어른스럽지 못한 행동을 하더라도 용서받기 쉽고, 몇 달치 월급을 무계획으로 유럽 여행에 모두 쏟아부어도 괜찮다. 경제활동을 시작함과 동시에 자유로움에 대한 배짱을 부리기 가장 좋은 나이다. 그러나 20대는 영원하지 않다.

누구나 20대를 지나 30대를 맞이한다. 30대가 되

고 나서는 점점 주변 또래들과 나 사이에 거리감이 생기기 시작한다. 어떤 친구는 빨리 결혼을 하고, 어떤 친구는 꾸준한 노력 끝에 안정적이고 좋은 직장에 취직하고, 어떤 친구는 사업을 시작해 자리를 잡아가고 있기도 하다. 미용실에 취직하여 주말 없이 일만 하던 한 친구는 어느새 자신의 미용실을 차렸고, 20대 내내 SNS만 하며 시간을 낭비한다고 생각했던 친구도 결국 그 SNS를 통해서 다양한 사업 아이템을 확장시켜 바쁜 30대를 보내고 있다. 대학원에 진학해 학업을 이어가던 친구는 어느새 졸업해 본인만의 커리어를 차곡차곡 쌓고 있다.

30대부터는 조금씩 경제적인 차이가 느껴지기 시작한다. 좋아하는 식당이 달라지고, 좋아하는 브랜드가 달라지고, 취미와 여가 활동이 달라진다. 20대를 마무리하고 30대가 되자, 다양한 방식으로 과거의 시간을 평가받게 된다. 지난 20대를 되돌아보며 누군가는 후회스러운 마음을 가질 것이고, 누군가는 자랑스러운 마음을 가질 것이다. 하지만 여기서 중요한 사실은 과거는 절대 되돌릴 수 없다는 것이다.

우리는 살아가며 일정한 시점마다 책의 목차를 정리하듯 각자 자신만의 인생 목차를 정리한다. 그러고는 바로 다음 목차를 써 내려갈 준비를 한다. 시간은 정지 상태로 우리를 기다려주지 않으니까. 지난 시간을 후회한다고 해서 달라지는 건 없다. 결국 지나온 목차보다 앞으로 만들어갈 목차가 더 중요하다. 하루하루가 쌓여 결국 내 삶의 가치를 이룬다. 주어진 하루를 열심히 살아가면 된다.

때때로 휴식을 취하며 여유를 부리고 싶다고 생각할 때도 있지만, 노력해야 하는 일을 외면한 채 휴식만 취하려 한다면, 그건 시간을 낭비하는 것과 같다. 그럼에도 불구하고 일이 손에 잡히지 않을 때는 아주 먼 미래에 노인이 된 나의 모습을 상상한다. 가끔은 정말 멀리서 바라봐야 그 가치가 보이는 것들이 있다. 특히나 시간은 멀리서 보면 멀리서 볼수록 그 가치가 더욱 선명해진다. 그렇게 노인이 된 나의 모습을 그리며, 과거가 되어있을 오늘을 회상하듯 상상해본다. 그럼 점점 현재의 가치가 선명하게 보이기 시작한다. 이러한 과정을 거치면 다시금 시간을 소중하게 보내야겠다는 마음이 생겨난다.

"네가 헛되이 보낸 오늘은 어제 죽은 이가 그토록 그리던 내일이다."라는 유명한 문장이 있다. 20대에 우연히 이 문장을 읽으며 '과연 나도 시간을 간절하게 원하는 날이 올까?'라고 생각했고, 그 생각의 끝에는 지난 젊은 날을 회상하며 추억에 잠겨있을 노인이 된 나의 모습이 떠올랐다. 쇠약해질 대로 쇠약해진 몸으로 지난 20대의 시간을 그리워하며, 단 하루만이라도 20대로 돌아갈 수 있다면 좋겠다고 말하는 노인이 된 나의 모습을 말이다.

열심히 살고자 하는 욕망이 사라지는 데에는 다양한 이유가 있겠지만, 그중에서 우리가 가장 조심해야 하는 것은 스스로에게 한계를 부여하는 것이다. 나는 어떠한 문제라도 결국 해결할 수 있는 방법은 있다고 믿기 때문에, 아무리 힘들어도 답을 찾아내려고 애쓰는 편이다. 그러나 주변 지인들을 통해서 이러한 노력을 종종 방해받기도 하는데, 스스로의 가능성을 발견하기도 전에 부정적인 생각으로 자신에게 한계를 만들어 가능성에 선을 그어버리는 것이다. 그렇게 자신을 단정 짓는 순간 신기하게도 더 이상 그 이상으로 발전하지 않고 멈춘다. 이러한 생각 또한 습관과도 같아서 시간이 지날수록 결국 환경을 탓하게 된다. 매 순간 자신에게 한계를 부여하는 사람들에게서는 그 어떤 가치 있는 조언도 들을 수 없다. 그러나 자신의 한계가 느껴질 때마다 정답을 찾으려고 노력을 한 사람과의 대화에서는 용기를 얻게 된다. 피겨스케이팅 김연아 선수는 "물을 99도까지 열심히 올려놓아도 마지막 1도를 넘기지 못하면 물은 영원히 끓지 않기 때문에 포기하고 싶은 그 1분을 참아내야 한다. 그래야 다음 문이 열린다."라고 말했다. 결국 우리는 김연아 선수와 같이 끝까지 포기하지 않고 자신만의 답을 찾기 위해 나아간 사람의 가치 있는 이야기에 추진력을 얻는다.

오늘 하루 동안 삶을 가치 있게 만들기 위해 내가 한 노력에는 무엇이 있을까? 평일을 피곤에 시달리며 노력했기 때문에 절실하게 필요했던 휴식을 취했다고 하더라도 이건 낭비가 될 수 없다. 노동 뒤의 휴식이야말로 가장 편안하고 순수한 기쁨이라는 칸트의 명언처럼, 우리는 이러한 휴식을 통해 앞으로 나아갈 힘을 얻는다. 하지만 만약 휴식을 온전히 누릴 수 있는 노동이라는 전제가 뒷받침되지 않는다면, 휴식은 더 이상 휴식이 아니라 게으름이 되어버리는 것이다. 노력하며 삶을 쟁취해나가는 사람은 본인의 삶을 진심으로 사랑하지만, 게으름으로 삶을 낭비하는 사람은 본인의 삶을 증오한다.

우리는 지금의 선택이 어떤 결과를 가져올지 예측할 수 있다. 삶은 도박이 아니며, 매우 정직하게 나아간다. 그러니 오늘 우리는 나를 사랑할지 증오할지 선택할 수 있다. 결국 오늘을 가장 아쉬워할 사람은 미래의 나다. 그래서 당연하게 주어지는 오늘 하루의 시간을 감흥 없이 보내지 않도록 매 순간 마음을 다잡는다. 나의 젊음을 가장 아쉬워할 사람은 나임을 절대 잊지 말자.

나만의 매력을 잘 안다는 것

주근깨는 얼마 전까지만 해도 전혀 매력적 요소가 아니었다. 많은 사람이 기미와 마찬가지로 주근깨 또한 아름다움을 망치는 방해 요소로 인식하곤 했다. 주근깨에 대한 부정적인 인식은 전혀 부자연스러운 것이 아니었다. 주근깨는 역사적으로도 햇볕 아래 일하는 노동자들에게 생기는 것이었기 때문에 시간이 많이 흐른 현대에서도 여전히 부정적인 요소로 인식되었다.

처음으로 주근깨가 아름다워 보였던 건 중학생 때

였다. 그때는 한창 패션잡지에 관심이 많았던 터라 용돈을 받으면 서점에 달려가 이번 달에 출간된 잡지들을 모두 구매해서 하루 만에 다 읽었었다. 그 당시에는 SNS가 지금처럼 활발하지 않았기 때문에 (뉴스를 제외하고) 세상이 돌아가는 신선함을 그대로 느낄 수 있었다. 그 당시 한창 떠오르는 전도유망한 모델이 한 명 있었는데, 그동안 모델들이 가지고 있는 전형적인 외모와는 다르게 얼굴에 주근깨가 가득했고, 이는 장난기 가득한 소년미와 남자다움이 동시에 느껴졌다. 그렇게 주근깨 가득한 얼굴이 중학생 시절 처음으로 아름다워 보였다. 그 후로 점차 세상에는 주근깨가 매력적이라고 이야기하는 사람들이 생겨났고, 이제는 메이크업으로 주근깨를 그리기도 하고, 문신을 하는 사람들도 쉽게 찾아볼 수 있다. 이제 주근깨는 나만의 개성을, 나만의 매력을 표현하는 하나의 요소로 여겨지고 있다.

대중이 먼저 선호하지 않아도 나만의 것을 매력으로 승화시키는 사람들이 있다. 굳이 다른 사람들이 인정해주지 않아도 내가 먼저 아름답다고 느끼는 것들을 당당하게 이야기하는 사람들의 공통점은 타인의 시선에 나를 맞추는 게 아니라 내 기준으로 세상을 바라본다는 것이다. 그 차이점에서 나만의 매력이 피어나는 것이라고 생각한다. 세상의 관점에서 바라보기만 하는 사람들은 자신의 주근깨가 얼마나 아름다운지 절대로 깨닫지 못한다.

5~6년 전에 파리로 혼자 여행을 다녀왔다. 숙소가 소르본 대학교 근처였고, 근처 펍에서 소르본 대학교 학생들과 자주 만나 이야기를 나눴다. 수년 전의 기억임에도 여전히 생생하게 남아있는 이유는, 지금까지도 그때의 좋은 경험을 다시는 한 적이 없기 때문이다.

#1.

법대에 다니는 두 남학생(한 명은 이름이 peter였고, 나머지 한 명은 기억이 안 난다)이 있었는데, 그들은 변호사를 꿈꾸며 매일 학업에 열중하고 있다고 했다. 그날 두 사람의 대화 주제는 변호사가 되기 위해 삶을 즐길 수 있는 권리를 얼마큼 희생해야 하며, 그게 과연 가치가 있을까 하는 것이었다. 타지에서 와 처음 보는 낯선 나에게까지 진지하게 질문을 할 정도로 열띤 대화를 나누었고, "우리도 나중에 돈을 벌며 편하게 살 수 있는 건 알아. 하지만 분명히 지금만 누릴 수 있는 행복이 존재해. 이 소중한 것들을 단지 미래의 안정감 때문에 모두 포기해야 하는 걸까?"와도 같은 이야기를 꺼내며 행복의 정의에 대해서 고민하고 있었다. 안정적인 직장이 안정감을 줄 수는 있지만, 행복은 보장하지 않는다는 사실과 행복의 가치에 대해서 대화를 나누는 또래 친구들을 만난 건, 그 당시 여행에서 가장 큰 수확이었다.

#2.

Alice는 이제 막 20살이 되었으며 파리에 살고 있는 동네 주민이었다. 원하는 미대에 합격해서 곧 지방으로 내려갈 거라며 처음 만난 나에게 환한 미소로 자랑했다. SNS 친구를 맺기 위해 들어간 그의 피드에는 본인의 작업물로 가득했다. 외모와는 다르게 채도가 낮은 색감들과 꿈을 꾸는 것 같은 신선한 그림체가 너무나 인상 깊었다.

#3.

풍성한 머리숱에 컬을 한껏 넣은 동네 주민이었던 여자는 (이름이 도통 기억나지 않는다) 나에게 본인이 살사춤에 얼마나 빠져있고, 얼마나 자주 춤을 추러 가는지 이야기했다. 이야기를 듣는 내내 흔치 않은 헤어 스타일과 옷이 그녀에게 너무나도 잘 어울린다고 생각했고, 어쩜 본인에게 꼭 맞는 스타일을 찾을 수 있었는지 궁금했던 기억이 난다.

파리 여행을 통틀어 오랜 시간 마음에 남아있는 순간은 에펠탑도 아니고 유명한 미술관도 아니며, 오로지 그 나라 사람들과의 대화이다. 우리는 대화를 통해서 서로를 이해한다. 대화는 사람을 이해할 수 있는 가장 좋은 방법 중 하나다. 그들과의 대화는 인간이 얼마나 다채로울 수 있는지, 세상이 얼마나 넓은지 깨닫게 된 계기가 되었다. 그래서 사람들은 이야기한다. 여행은 세상을 바라보는 새로운 눈을 만들기 가장 좋은 경험이라고. 그들에게 유행은 없어도 매력과 개성은 넘쳐났다. 나에게 사람이 매력적이라는 의미는 보여지는 것 이상으로 그 사람의 생각이나 삶을 살아가는 태도, 그리고 성격들을 모두 포함한다. 우리는 외모뿐만 아니라 그 사람의 성격, 비전, 취향, 유머 감각 등 다양한 부분에서 매력을 느낄 수 있다. 비슷한 스타일, 비슷한 말투, 비슷한 가치관을 가진 사람들과 비슷한 이야기만을 나눴다면 프랑스 여행은 나에게 별다른 기억을 남기지 못한 채 서서히 잊혀갔을 것이다. 에펠탑만 기억에 남을 뿐, 두 번은 가고 싶지 않은 그저 그런 여행 중 하나였을 것이다. 하지만 파리라는 도시가 특별했던 건, 유명한 관광지가 아니라 그 시대를 살아가고 있는 나와는 다른 개성과 매력을 가진 사람들과의 대화 때문이었다.

유행은 대부분 정해진 것들을 이야기한다. 그리고 대다수는 확률적으로 실패할 가능성이 낮은 유행을 선택한다. 설사 그 스타일이 나에게 어울리지 않더라도, 이미 세상에 유행 중이라는 이유 하나만으로 많은 사람의 호의적인 시선을 가져올 수 있기 때문이다. 그리고 유행은 매년 새롭게 생겨난다. 그 패턴은 결국 큰 브랜드들이 유행을 만들어내고 우리는 그 안에서 매번 새로운 정답을 찾아야 하는 자본주의의 형태로 굴러간다. 유행을 본인의 개성을 찾는 발판으로 삼는다면 더할 나위 없이 좋겠지만, 대부분은 유행 안에서 나의 개성을 찾지 못한 채, 내 매력을 매번 새로운 유행으로 덮어버린다.

남들이 선뜻 하지 않는 것에 먼저 도전하고 자신감을 가진다는 건 쉽지 않다. 이 문제는 다른 사람들과는 다른 삶을 선택하고 나만의 행복을 추구하는 것만큼이나 어렵다. 하지만 주근깨를 매력적으로 승화시킨 사람은 자신의 주근깨가 남들에게 어떻게 보이는지 애초에 신경을 쓰지 않았을 확률이 높다. 설사 신경을 썼더라도 그들의 선택에 별다른 영향을 끼치진 못했다는 것이다. 오히려 주근깨를 부정적으로 여기던 사람들이 주근깨를 매력적으로 인지하기 시작한 건, 어쩌면 내가 해내지 못한 타인의 시선을 신경 쓰지 않는 태도 때문이 아닐까.

매력은 유행과는 다르다. 유행에 앞서나가는 사람들은 자칫 개성있는 사람처럼 보일 순 있지만, 수년 동안 본인만의 스타일을 고집해온 사람을 만나

본다면 생각이 바뀔 것이다. 그리고 가장 중요한 차이점은 유행은 흉내 낼 수 있지만, 매력은 흉내 낼 수 없다는 점이다. 삶을 대하는 노련함이 쌓이고 쌓여 결국 연륜이 생기듯이 내가 나로서 삶을 살아가는 순간이 쌓이고 쌓여 매력이 된다고 생각한다.

유행은 계절마다 바뀐다. 10년 전의 스타일이 다시 돌아오기도 하고, 유행했던 브랜드가 지고 한물갔던 브랜드가 다시 올라오기도 하며 실시간으로 경쟁하듯 빠르게 바뀐다. 불과 2년 전에 유행한 디자인은 지금 입을 수 없을 정도가 되어버린다. 분명히 재작년에는 예뻤지만, 지금은 볼품없는 유행이 매력적이라고 이야기할 수 있을까?

우리는 보통 누군가와 대화를 나눌 때 다양한 주제로 이야기를 건넨다. 대화를 통해 상대방이 매력적이라고 느껴지는 순간 가치관, 미래계획, 세상을 바라보는 시선 등이 궁금해지기 시작할 것이고 이렇게 이야기를 할 것이다.

“그 사람 진짜 매력 있더라.”

그 순간 상대방의 콧등 위에 주근깨가 있다면 그게 사랑스러워 보일 것이고, 상대방의 이마에 점이 있다면 그게 아름다워 보일 것이고, 헤어 스타일이 멋져 보일 것이고, 입고 있는 재킷이 시크해 보일 것이고, 향기가 기억에 남을 것이다. 매력은 이렇게 누군가의 삶에서 뿜어져 나오는 것이다. 내 매력을 이야기할 수 있는 본질에 가까운 것은 옷을 넘어서 목소리, 눈빛, 표정, 단어, 몸짓에서 흘러나온다. 이렇게 우린 다양한 측면에서 매력을 만들어 나갈 수 있다.

우리는 아름답다고 느껴지는 그림을 보고 감동을 얻고, 책을 읽으며 삶을 바라보는 따뜻한 시선을 빌리고, 재즈 피아노의 선율에서 우아함을 느끼고, 자연이 주는 풍경 속에서 자신에게 집중할 수 있다. 청순함, 귀여움, 터프함, 시크함 등은 나의 보여지는 부분을 표현하는 수식어 중 하나일 뿐, 그 수식어에 삶을 끼워 맞추면 안 된다. 매력은 처음부터 가지고 태어나는 씨앗 같은 것이고, 그게 어떻게 꽃을 피울지는 나에게 달려있다. 스스로가 누군지 점차 깨달아 갈 때, 매력에 꽃이 피는 순간은 반드시 온다.

아름다움의 가치

한창 외모에 신경을 쓰던 무렵 새로운 계절을 맞이할 때면 누구나 알만한 유명한 브랜드의 가장 인기 있는 옷을 구입했다. 유행에 민감해지면 굳이 노력하지 않아도 얻을 수 있는 것이 몇 개 있는데, 그중 하나는 내가 유행에 굉장히 예민한 감각을 가진 사람이라는 사실과 또 하나는 굳이 말하지 않아도 나를 알아봐 주는 사람들이 생긴다는 것이다. "와, 너 그 옷 샀구나!" "그 브랜드 옷 비싸지 않아?" "실제로 보니까 너무 예쁘다, 그건 얼마야?" 같은 반응 말이다. 그렇게 계절이 끝나고 시간이 지나 같은 계절이 돌아오면, 또다시 그 옷을 꺼내 입을 용기가 나지 않는다. 그 옷은 과거의 사람들에게 뜨거운 관심을 받았던 만큼 과거에 머물러있는 옷이기 때문이다. 그렇게 생각하고 나면 신기하게도 전에는 그렇게 가치 있어 보이던 디자인이 순식간에 촌스럽게 느껴진다. 유행이 주는 아름다움의 가치는 너무나도 빠르게 변해 가끔은 과거의 내가 초라해 보이게끔 만들기도 한다. 그렇게 유행 속에 머물러있던 나는 항상 새로운 계절이 다시 돌아올 때면 옷장을 열어 똑같은 이야기를 하곤 했었다. "옷은 많은데, 입을 게 없어." 유행이 끝나면 가치가 없어지는 것만큼이나 유행으로 채워진 자존감은 시간이 지나면 쉽게 사라진다. 그렇게 나는 점차 유행에 흥미를 잃어갔다.

내가 처음 유행에 관심을 가졌던 때는 중학생 무렵이었는데, 그 당시 매달 출간되는 패션잡지를 브랜드별로 구매해서 읽는 취미가 있었다. 지금은 패션

잡지 한 권당 가격이 1만 원을 훌쩍 넘지만, 그 당시 잡지 한 권의 가격은 대략 3~4천 원 사이였다. 잡지 속 이미지들은 내가 평소에 볼 수 없었던 신선한 아름다움들을 제공했다. 눈이 즐거웠고, 가지고 싶다는 욕망을 불러일으켰다. 유행은 너무도 자연스럽게 내게 많은 영향을 끼치기 시작했고, 나는 그렇게 아름다움의 정의를 유행으로 배워나가기 시작했다. 그러다 유행이야말로 아름다움의 가장 중요한 요소라고 여겼던 나의 생각이 와르르 무너졌던 계기가 있었는데, 20살쯤 고전의 가치를 알게 되면서부터다.

나는 고전을 읽고 영원히 그 가치를 기억하고 싶다는 생각이 드는 작품은 꼭 보관한다. 그런 책은 표지의 제목만 읽어도 작가의 철학과 이야기가 전하는 감동을 고스란히 느낄 수 있다. 잡지는 시간이 지나면 지날수록 의미가 사라지지만, 고전은 시간이 지나도 진정한 가치가 변하지 않는다는 것을 깨달았다. 그렇게 소중하게 모아두었던 잡지들을 모두 버렸다. 유행이 주는 아름다움은 시간이 지나면 휘발성이 강해 가치를 상실한다. 더 이상 패션 잡지를 구매하는 것에 흥미가 떨어지기 시작했고, 새로운 잡지를 읽고 싶은 마음도 점차 사라졌다.

그러던 어느 날 서점에 들러 습관처럼 패션잡지 코너를 둘러보다 우연히 바로 옆 해외 전문 서적 코너에서 검은 표지에 'CHANEL'이라고만 적힌 책을 발견했다. 매우 큰 사이즈에 족히 몇백 페이지는 될 정도로 굉장히 두꺼워 보였다. 책 겉에 비닐로 포장이 되어있어 내용은 알 수 없었다. 궁금했지만 잡지보다 몇 배는 값이 비쌌기에 고민하다, 결국 그 책을 사서 돌아왔다. 유행이 채워주지 못하는 아름다움에 대한 새로운 이야기가 절실하게 필요했다. 그렇게 엄청난 기대감으로 책을 펼쳤는데, 샤넬이라는 브랜드의 이야기로 가득했다. 수십년 전 처음 세상에 옷을 내보였던 첫 컬렉션부터

작년 컬렉션까지, 샤넬의 모든 옷을 모아놓은 컬렉션 북이었다. 처음에는 실망감이 밀려왔으나, 한 장 한 장 천천히 그 옷들을 보고 있자니 새로운 생각들이 피어올랐다. "이 당시에는 이런 옷이 아름다웠구나." "이 옷은 지금도 너무 아름답네." "수십 년이 지났음에도 불구하고 스토리가 이어져 있네."

처음 코코 샤넬은 파리에 모자가게를 열었고, 이는 자연스럽게 의류로 연결이 되었는데, 그 당시에는 실용성보다는 무조건 비싼 원단에 화려하고 강렬한 패턴 그리고 과한 장신구가 유행이었다. 그러나 코코 샤넬은 이러한 옷들은 실질적으로 사람들에게 필요하지 않다고 생각했다. 그래서 남성 속옷을 만들 때 사용하는 신축성과 착용감이 매우 우수한 소재로 드레스를 만들고, 꽉 끼는 코르셋에 질질 땅에 끌리는 치마를 입는 여성들을 위해 무릎까지 내려오는 치마를 선보였다. 또 짧은 손잡이의 가방을 드느라 양손을 자유롭게 사용하지 못하는 여자들을 위해서 가방에 긴 체인을 단 2.55백을 만들어 양손에 자유를 주었다. 코코 샤넬은 이렇게 이야기했다. “럭셔리는 입기 편해야 해. 그렇지 않으면 명품이 아니야.” 대부분의 귀족은 본인의 사치스러움과 과시욕을 채워줄 수 없는 샤넬의 디자인을 폄하했지만, 실제로 학자, 사업가, 운동선수 등 다양한 직종에서 사회적 활동을 하는 많은 여성에게 엄청난 환호를 받았다. 누구보다 빠르게 유행을 앞서가는 것에서 나오는 것이 아닌, 다른 사람들의 삶을 관찰하고 이해하며 그들의 발전을 위해서 방향성을 제시하는 것 자체가 코코 샤넬이 추구한 아름다움이었다.

“새 드레스를 입는다고 저절로 우아해지는 것은 아니다.”
“우아함은 내면과 외면의 아름다움이 공존할 때 완성된다.”
“장식은 대단한 과학이며, 아름다움은 무기이자

겸손은 우아함이다."
"여성에게 지나친 옷차림은 있을지언정, 지나친 우아함은 없다."
"아름다움이란 당신이 자신을 받아들이기로 결심할 때부터 시작된다."

코코 샤넬은 단순하게 보여지는 게 전부인 아름다움을 넘어서 스스로의 태도와 생각의 중요성에 대해서도 이야기한다. 그녀는 자신을 관리하지 않는 게으름은 결국 삶에도 부정적인 영향을 끼친다고 말했다. 온전히 보여지는 것이 전부인 유행이 아름다움에 있어서 가장 중요한 요소라고 생각했었던 나는 샤넬의 이야기를 찾아 읽으며, 그 컬렉션 북을 보고 또 보았다. 샤넬의 옷에서는 그 시대에 유행했던 디자인이 아니라, 그 시대를 살아가는 사람들의 삶을 엿볼 수 있었다. 단순하게 스스로가 정의 내린 아름다움을 사람들에게 강요하는 방식이 아닌 그 시대를 살아가는 사람만이 만들어낼 수 있는 현실적인 아름다움에 대해서 이야기하고 있다는 걸 느꼈다. 샤넬의 컬렉션은 여성이 따라가야 할 것이 아닌 진정으로 여성에게 필요한 것을 보여주고 있었다. 결국 아름다움은 보여지는 것이 전부가 아니라 어떠한 생각과 태도로 삶을 살아야 하는 것이라고 말이다. 그러한 것들이야말로 진정한 아름다움이라고 말이다.

"옷으로만 패션을 완성할 수는 없다. 옷을 입은 사람의 가치가 살아야만 한다."

나는 아름다운 것들을 사랑한다. 그리고 아름다운 것들은 모두 그만한 가치가 있다. 그리고 그 가치는 영원히 변치 않는다. 진정한 가치를 지닌 아름다움은 그 어떤 시간의 흐름 속에서도 혹은 타인의 시선 속에서도 절대로 훼손되지 않는다. 결국 훼손되지 않는 고유한 가치는 내가 만드는 것임을 잊지 말자.

식욕에 관한 이야기

나는 20대 대부분을 회사 생활을 하며 보냈다. 매일매일 마주치는 각기 다른 개성을 가진 사람들을 관찰하는 재미가 나름 쏠쏠했는데, 굳이 깊게 탐구하지 않아도 쉽게 발견할 수 있는 재미있는 사실은 최소 10명 중 5명은 다이어트를 하고 있다는 사실이었다. 두 번의 이직을 거쳐 총 세 곳의 서로 다른 회사에서 일했었음에도 불구하고 이러한 특징은 모두 똑같았다. 그리고 그들은 나이가 들수록 점점 더 다이어트의 필요성을 절실하게 느끼고 있었다. 월요일부터 금요일까지 최소 3일은 다음과 같은 말을 들었다.

"나 이번에는 진짜 살 빼야 해."
"요즘 살이 너무 쪘어, 큰일났어."
"나이 먹으니까 나잇살이 찌나 봐."
"이제 도시락 싸서 다녀야겠어."
"나 살 많이 쪄 보여?"
"나 요즘 다이어트하는데, 티 나?"

다이어트는 특별한 경험이 아니다. 많은 이들이 살면서 적어도 한 번 이상은 다이어트의 필요성을 느낀다. 지금도 주변 지인 중에서 살을 빼고 싶어 하는 사람 10명의 이름을 대보라면 댈 수 있다. 안타까운 사실 하나는 그중에서 제대로 다이어트에 성공하는 사람은 정작 50%의 비율도 안 된다는 것이다. 다이어트의 필요성은 느끼지만, 다이어트에 성공하지는 못한다. 다이어트에 성공하는 사람들의 특징을 꼽아보자면 집념이 강하고, 부지런하고, 계획적이며, 음주를 즐기지 않고, 운동을 꾸준히 생활화하며, 식욕을 조절할 수 있다는 것이다. 대부분 어떻게 하면 다이어트에 성공할 수 있는지 잘 알고 있다. 그럼에도 대부분이 다이어트에 실패하는 가장 큰 요인은 무엇일까? 다이어트에서 중요도를 10이라고 한다면, 그중에서 운동이 2, 식단이 8을 차지한다고 한다. 한마디로 운동을 아무리 열심히 해도 음식의 유혹을 제대로 참아내지 못한다면, 대부분 실패로 끝나버린다는 사실이다. 왜 살을 빼고 싶은 욕망이 강함에도 불구하고 매번 음식의 유혹을 이겨내지 못하는 걸까? 운동하는 방법, 다이어트 식단을 잘 꾸리는 방법에 대해서는 이미 많은 지식을 가지고 있기에, 우리가 몰랐던 사실에 대해서 이야기할 차례다. 바로 욕망을 이길 수 있는 유일한 방법은 욕망을 제대로 이해하는 것뿐이라는 사실이다.

다이어트에 실패하는 가장 큰 요인은 바로 식욕이

다. 우리는 다이어트를 할 때 너무 빨리 그리고 자주 식욕을 느낀다. 필요한 만큼 음식을 먹었음에도 불구하고 다이어트를 하고 있다는 사실 하나만으로 항상 음식이 부족하게 느껴진다. 이처럼 강한 허기짐을 느끼는 이유는 음식의 양이 문제가 아니라 음식의 질이 문제이기 때문이다. 보통 다이어트를 결심하는 계기는 스스로가 매우 불만족스러운 상태에 도달했다고 느꼈을 때다. 불만족스러운 감정이 크면 클수록 극단적인 다이어트 방법을 선택하기가 쉬운데 대부분 여기서 문제가 발생한다. 단순하게 음식의 양을 줄여버리는 것이다. 예를 들어, 떡볶이를 정말 좋아하는 사람이라면 본인이 살이 찐 이유가 단순히 '떡볶이를 너무 많이 먹어서'라고 생각한다는 것이다. 많이 먹은 것도 문제고, 떡볶이를 먹었다는 사실 또한 문제다. 다이어트를 할 때 칼로리만 고려하는 사람들은 음식의 양만 줄이는 실수를 해버리는데, 사실 우리가 음식의 칼로리에 제한을 두며 섭취할 때야말로 음식의 질은 훨씬 더 중요해진다.

예전에 PT를 받던 당시 트레이너는 “세상에서 가장 쓰레기 같은 음식은 떡볶이에요.”라고 말했다. 이유를 물어봤더니 떡볶이는 고탄수화물로 칼로리는 높은데 정작 아무런 영양소도 들어있지 않은 깡통 칼로리의 음식이라는 것이다. 살을 빼는 데 도움이 되지 않을뿐더러 건강한 신체를 만드는 데도 아무런 도움을 주지 않는 음식이라고 했다. 이러한 깡통 칼로리를 가진 음식을 즐겨 먹는 사람 대부분이 심각한 문제에 직면한다. 우리나라는 매년 비만율이 올라가는 추세인데, 30대 남성 기준 비만율이 51.4%나 된다고 한다(2023년 질병관리청 기준). 즉 2명 중 1명이 비만이라는 것이다. 반면에 영양 섭취는 매우 불균형하다고 한다. 그 결과 50세 이상에서 볼 수 있었던 성인병이 이제는 20대에서도 쉽게 찾을 수 있다. 매번 집중하기 위해서 커피를 마셔야 한다면 철분이 부족할 수 있고, 매번 속이 더부룩하고 쉽게 허기짐을 느낀다면 식이섬유가 부족할 수 있다. 아무리 좋은 화장품을 사용해도 여드름이 사라지지 않는다면 비타민D와 아연이 부족해서일 수 있다. 매번 배부르게 식사했음에도 항상 피곤하고 허기지는 이유는 제대로 된 영양소를 섭취하지 않았기 때문이다. 영양소가 없는 깡통 칼로리와 같은 음식은 몸의 탄력을 떨어트리고, 물리적으로 허기를 더 빠르고 쉽게 느끼도록 하며, 체중은 늘어나게 만든다. 만약 다이어트를 할 때 매번 밀려드는 엄청난 식욕을 이기는 게 힘들다면 그건 다이어트 체질이 아니라서가 아니라 음식이 문제인 경우가 많다. 우리를 허기지게 만드는 건 음식의 양이 아니라 음식의 질 때문일 수 있다.

많은 사람이 마음이 공허해질 때 음식을 찾는다. 어떠한 부정적인 경험을 하게 되면 보상심리가 발동하면서 가장 쉽고 빠른 해결책인 음식을 찾는 것이다. 실제로 마음의 공허함을 음식이 채워주지 못함에도 불구하고 항상 무언가에 중독된 사람처럼 음식을 찾는다. 그리고 이러한 방식으로 마음을 달래는 사람은 절대로 다이어트에 성공하지 못한다. 예를 들어서 너무나 마음에 드는 사람과 돌아오는 토요일 저녁 데이트 약속을 잡았다. 설레는 마음에 월요일부터 무슨 옷을 입을지, 무슨 향수를 뿌릴지, 무엇을 먹을지 고민하며 행복한 상상에 잠긴다. 설렘 속에서 정신을 차리니 어느새 금요일이 되어버렸다. 내일 저녁 어떤 옷과 향수, 그리고 어떠한 머리 스타일을 할지, 무슨 이야기를 나눌지 상상하며 설레는 마음으로 잠자리에 들기 위해 누웠는데, 갑자기 한 통의 문자를 받았다.

[아무리 생각해 봐도 우리는 안 맞는 거 같아. 내일 약속은 없었던 걸로 하자. 미안.]

이 문자를 본 순간 마음에 큰 구멍이 뚫린 것 같

다. 미친 듯이 공허함이 밀려들기 시작하고 지금 당장 텅 빈 속을 무언가로 채우지 않으면 미칠 것 같다. 기대감이 실망감으로 변하는 순간, 우리는 그 공백을 견디지 못한다. 지금 당장 빠르게 채울 수 있는 건 음식이다.

최근 가짜 식욕과 진짜 식욕을 구분하는 방법에 대한 영상을 보게 되었다. 배가 고플 때, 딱 한 가지를 생각하면 그 식욕이 가짜인지 진짜인지 구별이 가능하다는 것이다.

'나는 지금 브로콜리가 먹고 싶은가?'

브로콜리라도 맛있게 먹을 수 있다면 진짜 식욕이고, 브로콜리는 먹고 싶지 않다면 그건 가짜 식욕이라는 것이다. 가짜 식욕은 간단하다. 음식을 먹지 않는 것이다. 내 몸이 진짜 음식을 원하지 않기 때문이다. 내가 느끼는 식욕이 진짜인지 혹은 가짜인지 구별하는 방법만으로도 식욕을 조절할 수 있다. 물론 어떤 의지를 갖느냐는 개개인의 노력에 달렸겠지만, 적어도 분명한 사실 하나는 가짜 식욕에 먹는 음식은 무조건 살이 찐다는 것이다.

포만감에 중독되는 사람들도 있다. 예전에 친구 한 명은 또래보다 어린 나이에 안정적이고 고소득에 해당하는 공기업에 취직했다. 그 친구의 고민은 바로 야식이었다. "살이 너무 많이 쪄서 짜증 나는데, 더 짜증 나는 건 이 습관에서 쉽게 빠져나올 수가 없어." 매번 배가 부른 상태에서 잠들었기 때문에 배가 부르지 않으면 잠이 오질 않는다는 것이다.

뇌에 있어야 하는 혈액이 위장으로 가면 뇌에 혈액이 줄어들고 산소가 떨어진다. 그때 우리는 노곤함을 느낀다. 그래서 배가 부르면 깊이 잠든다고 착각하지만, 사실은 최악의 조건에서 잠드는 것이다. 소화기관에는 음식물이 가득 차 있어 위액이 분비되지만, 몸은 누운 상태에서 활동을 멈춘다. 우리의 소화기관은 가득 찬 음식물을 안고 쏟아지는 위액에 잠들지 못한다. 정작 제대로 숙면을 취하지 못한 장기들은 계속해서 피곤해진다. 잠들기 전 음식 섭취는 마치 퇴근 시간에 맞춰 모든 일을 끝낸 사람에게 밤새 업무를 해야 끝낼 수 있는 업무량을 던져주는 것과 똑같다고 한다. 그러므로 배부르지 않으면 잠이 오지 않는 사람은 최악의 습관에 길들여진 것이다. 식곤증은 건강에 있어 최악이다. 피로가 쌓인 장기들은 급격하게 늙어간다. 그러나 매번 포만감에 잠들던 사람은 공복 수면이 고통스럽다고 이야기한다. 하지만 공복 수면이야말로 내 몸이 온전하게 휴식을 취할 수 있는 유일한 시간이다. 배부름도 중독이다. 실제로 아침밥을 항상 챙겨 먹는 사람은 일어나자마자 배고픔을 느끼지만, 아침밥을 안 먹던 사람은 아침에 일어나서 배고픔을 느끼지 않는다고 한다. 배부른 상태에서 잠드는 것에 중독된 사람은 하루라도 빨리 그 중독에서 벗어나야 한다.

많은 사람이 음식의 칼로리와 운동량에 집중하지만, 정작 다이어트를 방해하는 가장 큰 요인은 식욕이다. 우리는 다이어트 내내 식욕과 싸워야 한다. 그래서 식욕에 대해서 확실하게 알아야 한다. 우리나라 속담 중에 "적을 치려면 적을 알아야 한다"라는 이야기가 있는데, 무언가와 싸워서 이기기 위해선 명확한 전략이 필요하고, 그 전략을 잘 짜기 위해선 적의 실태를 파악해야 한다는 것이다. 우리는 배고픔이 절대로 컨트롤 할 수 없는 무의식의 영역이라고 생각하지만, 사실 배고픔은 무의식의 영역이 아니다. 알코올에 중독된 사람이 술을 끊으려고 할 때도 마찬가지다. 술이 마음의 허기를 달래준다는 사실을 명확하게 인지하지 못한 채 단순하게 술을 끊으려고 한다면, 그는 평생 술을 마시고 싶은 욕구와 싸우며 살아가야 할 것이다. 마음의 허기를 달랠 다른 방법을 찾으려고 하지 않기 때문이다. 그럴 때마다 또 다른 본인의 자아가 술을 마시고 싶어 할 것이고, 스스로가 왜 술을 마시고 싶어 하는지 이해하지 못한 채, 평생 자기 자신과 싸우며 살아갈 수밖에 없을 것이다.

우리가 충동에서 벗어날 수 있는 가장 유일한 방법은 나를 이해하는 것이다. 그러니까 내 욕망의 원인을 파악하는 것이다. 물론 욕망의 원인을 파악하지 못한 채 결심에 성공할 수도 있겠지만, 이는 극히 드물다. 심리학자 칼 구스타브 융은 "스스로의 그림자를 부인하려는 노력이 끝까지 성공하는 경우는 극히 드물며, 스스로의 그림자를 외면하면 외면할수록 그 그림자는 더욱 깊어지고 강해져서 결국 극단적인 행동으로 튀어나온다"고 이야기했다. 폭음이든 폭식이든 이러한 극단적인 행동은 자기 자신을 이해하지 못한 채 무조건적으로 억압하려고 할 때 터져버리고 만다. 어떤 사람들은 이를 운명이라 이야기한다.

"나는 다이어트를 할 운명이 아닌가 봐."
"나는 날씬하게 살 팔자는 아닌가 봐."

절대 아니다. 우리가 느끼는 식욕에는 그만한 이유가 있다. 그리고 그 이유는 생각보다 다양하다. 그러니 식욕과 무작정 싸우려고 하기보다는 그 원인을 정확하게 이해하면 식욕을 다스리는 데 훨씬 수월해질 것이다.

취향이 있는 사람과의 대화

도무지 노력해도 대화하는 게 재미없는 사람이 있다. 예전에 잠시 만났던 남자 친구가 그랬다. 그 사람은 부모님의 뜻을 한 번도 거스른 적이 없었다. 모든 면에서 모범생이었고, 이름 있는 학교를 졸업한 후 사회적으로 인정받는 좋은 직장에 입사했다. 대학 시절 오랜 기간 진지하게 연애한 사람과 헤어지게 된 이유도 '부모님이 반대해서'였다. 그는 살면서 단 한 번도 부모님을 실망시킨 적이 없는 듯했다. 물론 부모님의 뜻을 잘 따른다고 해서 모두가 그런 것은 아니겠지만, 그 사람과 대화하는 내내 그가 나에게 건네는 삶의 이야기가 단조롭게 느껴졌다. 무언가를 이루기 위해 했던 노력 혹은 삶을 대하는 방식, 선택 등 본인만의 에피소드가 없었다. 그의 삶은 오직 공부와 부모님이 전부였다.

어느 날 내가 물었다.
"가장 좋아하는 게 뭐예요?"

돌아오는 대답은 "없어."였다. 그리고 고민 끝에 이어진 대답은 "공부…?"가 전부였다. 다른 이에게도 스스로에게도 한 번도 이러한 질문을 받아보거나 해본 적이 없기에, 순간적으로 삶의 큰 부분을 차지하는 '공부'를 습관적으로 내뱉은 게 아닐까 의구심이 들었다. 그 사람의 눈빛을 보며 느낄 수 있었다. 스스로가 좋아하는 것을 당당하게 이야기하지 못함에서 비롯되는 당황스러움이 고스란히 담겨 있었다.

나는 늘 좋아하는 것이 명확했다. 어린 시절에는 좋아하는 아티스트의 LP를 모았고(그 LP를 듣기 위해서 용돈을 모아 턴테이블을 샀었다), 용돈을 받으면 전공 서적이나 좋아하는 브랜드와 관련된 서적을 사거나 그림에 한창 빠져있을 무렵에는 내 취향에 맞는 작품들을, 음악에 빠져있을 때는 좋아하는 피아니스트의 악보를 사 모으기 바빴다. 어린 시절부터 내가 좋아하는 것들로 가득했던 나는 스스로 좋아하는 게 뭔지 모를 수 있다는 걸 그때 처음 알았고, 모르는 걸 넘어서 좋아하는 대상이 애초에 존재하지 않을 수 있다는 걸 알고 놀랐다.

그 사람과 대화했던 대부분의 주제는 과거 공부했던 기억과 부모님의 말씀을 얼마나 잘 들었는가에 대한 거였다. 퇴근 후 따로 즐기는 취미생활도 없었고 취향도 없었다. 그와의 대화는 다시는 경험하고 싶지 않을 정도로 재미없었다. 결국 결과는 뻔했다. 그렇게 헤어졌다. 대부분 대화를 통해 그 사람이 가진 고유의 향을 느낄 수 있는데, 그 사람에게 느껴지는 건 무색무취였다. 세상에 가득한 향기 중에 어떻게 단 하나의 향도 본인의 삶에 담아내지 못했을까.

예전에 한 지인이 내게 고민을 털어놓은 적이 있다. 남자 친구를 너무나 사랑하고 앞으로도 오랜 시간 함께하고 싶지만, 깊은 대화가 안 된다는 점이 자신을 괴롭힐 정도로 고민이 된다고. 본인은 6년이 넘게 사귀는 동안 여러 도전을 통해 얻은 경험과 지혜가 쌓여 다양한 주제로 나누고 싶은 이야기가 해마다 쌓여갔지만, 그 상대 남자 친구는 아니었다고 말이다.

수많은 사람과의 관계에서 대부분이 중요하게 생각하는 한 가지를 꼽으라면 '대화'일 것이다. 보여지는 겉모습이 차지하는 지분만큼 대화가 차지하는 지분도 상당하다는 걸 알기 때문에, 간혹 이런 고민을 털어놓는 사람들이 있다.

"데이트할 때마다 무슨 이야기를 해야 할지 모르겠어요."
"소개팅에서 무슨 주제로 이야기를 시작하죠?"
"다른 사람들과 대화를 이어가는 게 너무 어려워요."
"도대체 무슨 이야기로 친해질 수 있을까요?"

대화는 서로가 주고받는 말이다. 말이란 것에는 나의 지식과 생각이 담겨 있으므로, 한 번도 생각해보지 못하거나 접해보지 못한 주제로 이야기를 능숙하게 할 수 있는 사람은 없다. 이런 경우에 유일하게 할 수 있는 것이라고는 경청이 전부이다. 오고 가지 않는 말은 대화라고 할 수 없다. 적어도 한 번쯤은 그 주제에 대해서 생각해 본 경험이 쌓였을 때 비로소 내가 내뱉을 수 있는 말이 생겨난다. 그렇게 대화는 어떠한 스킬로만 구성되는 게 아니라 삶을 살아온 방식이 그대로 담겨 있다. 그래서 어떤 사람과 대화가 통한다는 건, '이 사람과 앞으로의 시간을 함께 보내도 공유할 수 있는 것들이 많겠구나'라고 느끼게 되는 것이다. 대화는 서로의 삶을 간접적으로 공유하는 행위이며, 이 대화를 통해 우린 타인에 대해서 많은 것을 알아갈 수 있다.

간혹 외모가 화려하지 않아도 재미있는 말솜씨로 인기를 얻는 사람들이 있다. 외모가 주는 이득보다 대화에서 얻을 수 있는 건 무한하며, 재미있는 대화 상대는 그 사람의 삶을 탐구하고 싶게끔 만들고, 그 사람의 시간에 함께하고 싶다는 마음을 피어나게 한다. 이처럼 대화의 즐거움을 경험한 사람들일수록 (특히 나이가 들수록) 대화의 중요성이 커진다. 그래서 우리는 조금 더 즐거운 대화를 나누길 바란다.

많은 사람과 즐거운 대화의 경험을 쌓으려면 스스로가 좋아하는 것, 소위 말해 다양한 취미 활동을 통해서 취향을 만들어야 한다. 아직도 본인이 무엇을 좋아하는지 제대로 파악하지 못한 사람은 그만큼 다양한 시도를 해보지 못했을 것이라 생각한다. 취향은 늦은 밤 치킨을 뜯으며 예능 프로그램을 보는 과정에서 생겨나지 않는다. 다양한 경험을 쌓기 위해 노력하는 만큼 스스로에 대해서 알아갈 수 있다. 결국 우리가 스스로 보내는 시간의 밀도는 대화를 통해서 속속들이 밝혀진다.

개인적으로 좋아하지 않는 것이 하나 있는데, 바로 향수를 고르기 전 인터넷에서 '이성이 좋아하는 향수 TOP10' 안에서 고르는 것이다. 향기는 단순히 이성을 유혹하기 위한 수단만이 전부가 아니다. 향수를 고르는 데에는 그 계절을 내가 어떻게 느끼는지, 내가 원하는 분위기가 무엇인지, 내 마음에 안정감을 주는 어떠한 요소가 담겨 있는지 등 다양한 이야기가 숨어있다. 그래서 향수 하나를 고를 때에도 하나씩 맡아보며 내 취향을 담는다. 향수를 뿌리기 전까지 이렇게 다양한 과정을 통해 나에 대해서 생각해 볼 수 있다.
"왜 이 향수를 뿌리고 다녀?"라는 가벼운 질문은 생각보다 다양한 대답을 기대할 수 있다. 어떤 사람은 1분 이내의 짧은 대답으로 주제를 마무리 짓겠지만, 어떤 사람은 10분 이상의 다양한 이야깃거리가 쏟아질 수 있다. 그 안에서 수많은 주제가 또다시 피어나며, 결국 서로의 삶을 조금 더 가까이서 느낄 수 있게 된다.

"대화를 잘한다"는 단순한 문장 속에는 스스로의 취향, 감성, 개성을 만들어가기 위한 다양한 노력이 담겨 있다. 그리고 취향이 많은 사람이 가지고 있는 특유의 분위기가 하나 있는데, 바로 나를 행복하게 만드는 방법이 무엇인지 확실하게 안다는 것이다. 이런 사람들과의 대화는 언제나 재밌다.

조금 특별한 다이어트 방법

나는 본격적인 다이어트를 위해 식사량을 조절하고 운동을 시작하기 전, 마음과 태도를 다시 세팅하는 특별한 시간을 갖는다. 마음가짐을 갖는 것과는 전혀 다른 개념인데, 쉽게 말해 최고로 만족스러운 모습이 되었다는 생각으로 다이어트를 시작한다. 이러한 태도는 다이어트에 실패할 수 있는 확률을 크게 낮추는 가장 효과적인 방법이다. 우리가 다이어트를 계속해서 실패하는 근본적인 이유는 생각보다 방식에 있지 않기 때문이다.

보통 많은 이들이 거울 속 나의 모습이 불만족스러울 때, 다이어트를 다짐한다. 즉 나의 모습을 미워하는 마음에서 시작하게 되는데, 그 부정적인 마음이 크면 클수록 더 강압적인 방식의 다이어트법을 선택하게 된다. 덴마크 다이어트니 하는 것은 사실상 자신에게 벌을 주는 것과 마찬가지다. 본인을 미워하는 마음이 클수록 더 큰 벌을 주고 싶어 한다. 그래야 나의 모습이 변화할 것이라고 생각한다. 그러나 나에게 벌을 주는 것과 같은 마음으로 선택한 극단적인 방식의 다이어트법은 결국 나를 무너뜨린다. 그렇게 다이어트 자체가 나를 가꾸는 즐거움의 시간으로 인식되기보다는 견뎌내야 하는 고통스러운 불행한 시간으로 인식된다. 이러한 생각을 가진 사람에게 아름다워지는 과정은 고통일 뿐이며, 절대로 자신이 원하는 아름다운 모습으로 살 수 없다. 끊임없이 자신을 미워하며 살아갈 뿐이다.

건강한 다이어트 방법에 대해서는 이미 우리 모두 잘 알고 있다. 다만 더 쉽고 빠른 특별한 방식의 다이어트 방법을 원할 뿐이다. 그러나 아름다워지는 방법에는 지름길이 없다. 내가 노력한 시간만큼 정직하게 아름다워진다. 나는 개인적으로 다이어트를 시작할 때, 내가 가장 최상의 아름다움을 가졌다고 상상하며 마음을 다잡는다. 잠시 거울 속의 모습을 혐오하는 마음을 내려두고 내가 원하는 아름다움을 가졌다면 어떠한 선택을 할지에 대해 집중하는 것이다. 이렇게 집중하게 되면, 운동을 하는 데 부담을 느끼지 않게 되고, 무리하지 않는 선에서 즐거움을 느끼며 부지런히 움직이게 된다. 음식을 먹더라도 스트레스를 풀어줄 수 있는 자극적인 음식보다는 건강에 보탬이 될 수 있는 신선한 음식을 선택하게 된다. 또 자동차로 10분이면 갈 수 있는 거리를 40분을 걷더라도 즐거운 마음으로 걷게 되고, 의자에 앉아있더라도 올바른 자세를 위해 꼿꼿이 허리를 펴고 배에 긴장감을 준 채 앉아있게 된다. 왜냐하면 그러한 작은 선택들이 만들어낸 아름다움을 이미 가졌기 때문이다. 나는 이미 그러한 것들이 당연한 사람인 것이다. 이러한 마음가짐은 같은 선택을 하더라도 게으름과 싸우며 스트레스를 받는 게 아니라 옳은 선택을 함으로써 즐거움을 얻는 태도를 갖게 해준다. 생각보다 사소하고 별것 아닌 것 같은데, 엄청난 결과를 만들어낸다. 다이어트든 다른 무엇이든 내가 그런 사람이 되기 위해서 선택하는 것보다 이미 그런 사람이 되었을 때의 마음으로 삶을 대하는 것이다.

다이어트는 생각보다 작은 좌절들이 쌓여 큰 실패로 이어진다. 그런 부정적인 경험들이 끊임없이 쌓이기 시작하면 나중에는 첫걸음을 떼는 것조차 버거워진다. 반복되는 실패는 나를 점점 더 나약한 사람으로 만들어버리기 때문이다. 그러나 우리는 더 나은 방향으로 발전하기 위해 자신을 미워할 필요가 없다. 아침마다 습관처럼 몸무게를 재는 사람은 그날의 숫자가 하루의 기분을 결정한다. 결과적으로 부정적인 마음은 나에게 아무런 도움이 되질 않는다. 아름다워지기 위한 과정에 "내일부터." "이미 늦은 거 같아." "너무 막막하다." 등과 같은 부정의 말로 벽을 쌓지 않길 바란다. 아름다움은 마음에서부터 시작된다. 그리고 마음에서 시작된 단단한 아름다움은 순식간에 외적인 모습으로도 드러나기 마련이다. 당신은 이미 아름다워질 준비가 된 사람이며, 단지 어디서부터 시작해야 하는지 올바른 방법을 몰랐을 뿐이다.

"메이크업은 우리의 외모를
아름답게 꾸며주는
것이긴 하지만, 만약 내면이
그렇지 않다면 그것은
아무런 의미가 없다."

오드리 헵번

15:00
PM

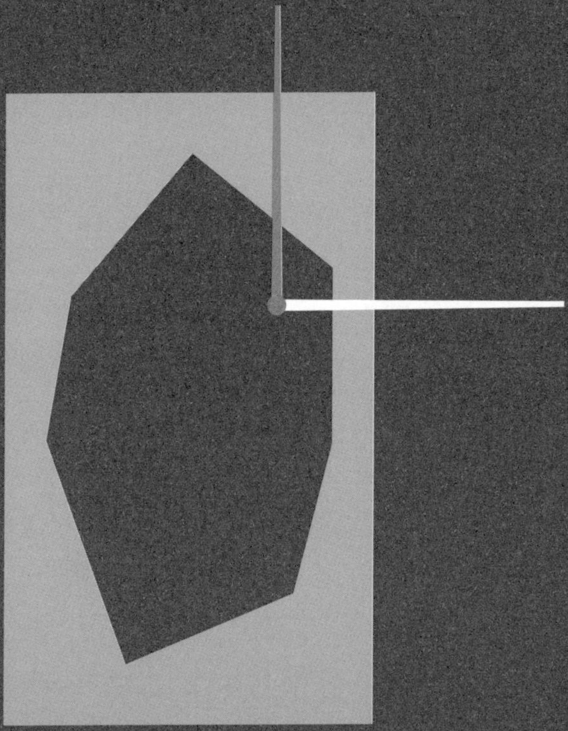

분위기 있는 사람

유행의 역할이 중요해질수록 사람들은 각자 본인만의 분위기를 가지고 싶어 한다. 그런데 그러한 분위기는 도대체 어디에서 형성이 되는 건지 도통 알 수가 없다.

본인만의 분위기를 가진 사람들에게서 시각적으로 공통적인 부분을 찾기 힘든 이유는 그들이 각기 다른 개성을 지니고 있기 때문이다. 예를 들어 대중에게 사랑받기 위해 끊임없이 아름다운 모습을 추구해야 하는 배우 같은 경우에는 미디어에 자신을 계속해서 노출해야 하는 직업을 가졌기 때문에 외모에 대해서 끊임없이 고민하고 평가하며 매력을 가꾸어 나간다. 우리가 그들처럼 완벽한 아름다움을 위해서 노력할 필요성은 없지만, 그들이 줄곧 완벽한 아름다움을 추구하며 자신을 가꾸는 과정에서 하나의 특징을 발견할 수 있다. 다른 배우들과는 차별화된 본인만의 시그니처를 만들어간다는 점이다. 매년 쏟아지는 유행과 수많은 배우 사이에서 많은 대중에게 나만의 분위기를 어필하기 위해서는 개성이 중요한 요소로 작용한다. 계절이 바뀌어도, 유행이 바뀌어도 영향받지 않는 나만의 시그니처 아이템은 곧 나의 개성이 된다.

오드리 헵번의 리틀 블랙 드레스와 진주 목걸이 그리고 업 헤어스타일. 마릴린 먼로의 장점인 몸의 라인을 돋보이게 만드는 화이트 홀터넥 원피스와 풍성한 속눈썹 그리고 레드 립.

이 두 사람은 1950년대 패션의 아이콘으로 불렸지만, 서로 전혀 다른 분위기를 자아낸다. 이들의 공통점은 본인만의 개성이 무엇인지 확실하게 인지하고 있다는 것이다. 유행은 개성 다음이어야 한다. 유행이 개인의 개성을 앞서나가면 분위기는 쉽게 훼손된다. 자신의 개성에 대해서 큰 갈증을 느끼고 있다면 쇼핑몰을 들여다볼 것이 아니라 내 얼굴을 들여다보아야 한다. 유행은 나의 개성을 찾을 수 있는 기회로 작용해야 한다. 매년 빠르게 바뀌는 유행 속에서 시즌이 바뀔 때마다 입을 옷이 없다고 느껴진다면, 한 번쯤 본인의 개성보다는 유행에 초점을 맞추고 있는 건 아닌지 고민해보자.

시각으로 받아들여지는 부분이 100에서 60을 차지한다고 하면 청각이 20을 차지한다고 한다. 그 다음 촉각이 15를 차지한다. 이것과 동일하게 우리는 상대방의 목소리를 통해서도 이미지를 파악한다. 이것의 중요성은 다양한 대중매체를 통해서 경험할 수 있다. 본인의 매력으로 대중의 눈과 귀를 사로잡아야 하는 배우는 하나같이 정갈하고 아름다운 목소리로 차분하게 본인의 의사를 전달한다. 그들이 그렇게 아름다운 소리를 낼 수 있는 이유는 보이스 트레이닝을 받기 때문이다. 각기 다른 개성의 목소리를 지녔지만, 대중에게 어필하고 신뢰를 얻기 위해서 차분하고 성숙하게 그리고 명확하게 이야기하는 방식을 공부한다. 소리는 시각 다음으로 중요한 요소로 작용하기 때문이다.

우리가 평소 사용하는 단어와 어조 그리고 말의 템포와 음량 등 다양한 부분이 이미지에 얼마나 큰 영향을 끼치는지 알아야 한다. 단적인 예로 시트콤에 출연해서 "치즈버거 주세요"를 귀엽게 이야기한 배우에게 그 혀 짧은 애교 소리가 오랜 시간 꼬리표처럼 붙어있던 걸 보면, 그 영향력은 정말로 대단하다. 우리가 완벽한 목소리를 낼 필요는 없지만, 평소에 사용하는 단어와 말의 템포 그리고 억

양 등에 대해서는 한 번쯤 유심히 관찰할 필요성이 있다. 성인이 되어서도 혀 짧은 소리로 웅웅거리는 소리를 내는 사람은 그 이미지로 사람들에게 기억되지만, 고급스러운 단어 선택과 차분한 어조를 가진 사람에게는 그러한 분위기가 어느새 외모에서도 풍기는 것을 느낄 수 있다.

그다음으로 우리는 행동을 통해 분위기를 형성한다. 정장을 멀끔하게 차려입었을 때와 편안하게 트레이닝복을 입었을 때의 움직임은 다르다. 또 늦은 밤 술집이 많은 번화가에서 볼 수 있는 움직임과 낮에 호텔 라운지에서 볼 수 있는 사람들의 움직임도 확연하게 다르다. 우리는 장소에 따라서 기분과 마음가짐이 변한다. 그리고 마음가짐에 맞춰서 행동을 다르게 한다. 이러한 시간은 지워지지 않는 문신처럼 내 분위기에 자국을 남긴다. 평소 구부정하게 앉는 게 습관인 사람은 구부정한 자세를 바르게 하는 게 어렵지만, 바른 자세를 유지하기 위해 꾸준히 운동한 사람은 자연스럽게 꼿꼿한 자세를 유지한다. 이러한 사소한 움직임의 차이는 오랜 시간 같은 공간에서 시간을 보내는 직장이나 학교에서 자주 보는 사람들에게 나의 이미지로 인식된다.

단적인 예를 들어보자면, 유명 명품 브랜드 중 한 브랜드는 소위 불량한 사람들이 자주 즐겨 입는 브랜드로 인식이 잡혀 수많은 조롱을 받고 있다. 왜 같은 명품 옷을 입어도 누가 입으면 멋스러움이 묻어나는 것이며, 누가 입으면 조롱거리로 몰락해 버리는 것일까. 그 차이는 행동에서 나타난다. 내 분위기를 형성하는 부분에 있어서 비싼 옷보다도 더 강한 영향력을 행사하는 건 행동이다. 만약 어떤 행동을 내 몸에 익혀야 할지 잘 모르겠다면, 이렇게 생각하면 쉽다. 내가 원하는 분위기를 지닌 그 대상에게 어울리는 장소는 어디이며, 그 장소에서 어떤 움직임을 가졌을까.

우리가 자신을 아름답게 가꾸는 과정에서 절대로 잊지 않아야 하는 것이 있다. 타인을 위해서 나를 가꾸는 건 일시적이지만, 나를 위해서 가꾸는 건 영원하다는 사실이다.

"매력적인 입술을 갖고 싶다면
친절한 말을 하세요. 예쁜 눈을
가지고 싶다면 사람들의 좋은 점을
보세요. 날씬한 몸매를 가지고
싶다면 배고픈 사람들에게 음식을
나눠주세요. 아름다운 머릿결을
가지고 싶다면 하루에 한 번
어린아이가 쓰다듬게 해주세요."

오드리 헵번

스몰 토크의 힘

살다 보면 이런 생각을 하게 만드는 사람이 있다.

'저 사람은 친구가 참 많아.'
'저 사람은 누구와도 쉽게 친해져.'
'저 사람은 모든 사람과 대화를 수월하게 하네.'

사소한 친근감을 부지런히 쌓아 올린 사람은 시간이 지날수록 그 무리에서 점점 더 강한 영향력을 행사한다. 그리고 타인과 쉽게 친근감을 쌓는 스킬이 자연스럽게 몸에 배어 본인에게 유리한 상황을 만들 줄 안다. 살면서 한 번쯤 그런 영향력을 가진 사람을 경험하게 되면 나도 모르게 그 사람의 매력에 빠져들게 되고 부러움을 느끼게 된다. 한마디로 누군가와 쉽게 친근감을 쌓아 올리는 사람은 특별하다. 그렇다고 해서 그가 엄청난 재능을 가진 건 아니다. 그저 상대방의 기분을 좋게 만들 수 있는 간단한 인사와 관심을 먼저 건넬 뿐이다.

유럽에 여행을 갔을 때 내가 가장 인상 깊었던 점은 길을 가다 눈이 마주쳐도 간단한 인사를 건네는 사람들이었다. 프랑스에서 지하철을 탔는데, 어깨만 살짝 스쳐도 "pardon(죄송합니다)!"이라는 말이 여기저기서 쉬지 않고 들려와 놀랐다(특히 출퇴근 시간에 많이 들을 수 있다). 공원에서 눈이 마주치자 따뜻한 미소로 먼저 인사를 건넨 노부부와 지하철에서 어깨를 살짝 밀쳤을 뿐인데 발걸음을 멈추고 뒤돌아 미안한 듯 미소 지으며 사과를 한 젊은 남성에 대한 기억은 지금까지도 좋은 이미지로 남아

있다. 결국 관계란 이런 작은 기억들이 쌓여 방향성을 제시한다.

사람과 사람이 소통할 수 있는 가장 좋은 방법은 대화이다. 시간을 내어 카페에서 만나 커피를 마시며 오랜 시간 대화를 나누는 것만이 전부가 아니다. 엘리베이터에서, 휴게실에서, 강의실에서, 공원에서, 지하철에서, 그리고 오고 가며 만나는 모든 이들과 한두 마디를 나눈다고 해도 모두 대화가 될 수 있다. 우리는 대개 그것을 스몰 토크라고 이야기한다.

타고난 외모가 호감형이 아니어도 타인의 호감을 쉽게 이끌어 내는 사람이 있다. 나도 이러한 사람을 많이 만났는데, 그들에게서 공통적인 모습을 하나 발견했다. 그들은 스몰 토크를 습관처럼 활용한다는 것이다. 타인에게 쉽게 호의적인 말을 건네는 분위기는 서로에게 좋은 인상을 남긴다. 하지만 여기서 중요한 요소가 하나 있는데, 일방적이지 않아야 한다는 것이다. 내가 1을 던졌으면 상대방도 1을 던질 수 있는 균형을 유지해야 한다. 단적으로 일방적으로 대화를 이어가는 유형의 사람들이 있다.

"내가 주말에 뭘 했는데…"
"내가 지금 만나고 있는 사람이…"
"내가 요즘 다이어트를 하고 있는데…"

모든 이야기의 시작과 끝이 '나'인 사람들이 있다. 균형을 무시하는 사람의 이야기는 타인에게 긍정적인 대화로 기억되지 않는다. 관심사 밖의 이야기는 타인에게 소음 그 이상도 이하도 아니기 때문이다. 기본적으로 사람들은 타인에게 별다른 관심이 없다. 모든 사람의 공통점은 이 세상의 중심이 본인이라는 점이다. 그래서 사람들은 이해받길 원하고, 공감을 바란다. 공통점이 많은 사람에게 쉽게 호감을 느끼기 쉬운 이유도 그에게서 아주 쉽게 '나'를 발견하기 때문이다. 이 점을 적절하게 활용하면 스몰 토크는 그다지 어렵지 않다. 대화의 시작이 내가 아니라 '너'로 시작하면 되기 때문이다. 사람들은 생각보다 나의 이야기에 귀를 기울여주는 사람에게 호감을 느끼기 쉽다. 우리는 먼저 그들이 본인의 이야기를 편하게 할 수 있도록 '너'로 시작하는 이야기를 건네면 된다. 예를 들면 이런 질문들이 있다.

"주말 재밌게 보내셨어요?"
"요즘 표정이 되게 밝으세요. 기분 좋은 일 있으세요?"
"헤어 스타일이 바뀌셨네요?"

이렇게 타인의 관심사를 파악하고 근황을 활용해서 스몰 토크를 쉽게 이어갈 수 있다. 기분 좋은 스몰 토크가 쌓이기 시작하면 그 대상은 당신을 보기만 해도 기분 좋은 미소를 짓게 될 것이다. 또한 누구나 긍정적인 경험을 더욱더 원하기 때문에 당신을 찾게 될 확률이 높아진다. 대화로 쌓인 긍정적인 감정은 아주 쉽게 그 대상으로 이어지기 마련이다. 스몰 토크에서 상대방을 주인공으로 대화를 이어가는 건 결국 그가 스스로에 대해서 이야기할 수 있도록 먼저 배려를 해주는 것과 동일하다. 이러한 스몰 토크가 쌓여 결국 그에게 당신은 매력적인 사람으로 인식된다. 누군가는 그러한 당신의 모습을 보고 이렇게 생각할 것이다.

'저 사람은 정말 많은 사람과 쉽게 친해지네.'

우리는 어렵게 시간을 내서 누군가와 오랜 시간 커피를 마시며 어색한 시간을 버티지 않아도 스몰 토크를 활용해서 진지한 관계를 충분히 형성할 수 있다. 상대방이 본인의 이야기를 꺼내기 시작할 때 우리가 해야 할 것은 단 한 가지뿐이다. 바로 경청이다. 사랑의 첫 번째 의무는 상대방에게 귀를 기울이는 것임을 잊지 말자.

예민한 성격을 고쳐야 할까

살면서 스스로에게 실망하는 경우가 종종 있다. 특히 타고나길 예민한 감수성을 지닌 사람은 그 성격이 너무나 고달프다. 남들은 쉽게 넘어가는 것처럼 느껴지는 문제도 나에겐 너무나 큰 걸림돌이 되어 하루 종일 마음을 짓누른다. 도통 그 감정의 무게에서 헤어 나오기가 힘들면 좋은 컨디션을 유지할 수가 없다. 아주 작은 스트레스에도 돌연사해버리는 유명한 개복치 게임 덕분에 그러한 사람에게 개복치라는 별명이 붙는 경우도 허다하다. 그렇다면, 예민함이라는 성격은 과연 삶에 부정적인 영향만을 끼치는 것일까?

나는 어린 시절 굉장히 예민한 아이였다. 태생부터 스스로가 굉장히 예민한 감수성을 지녔다는 사실을 너무나 잘 알고 있어서 이게 나에게 독인지, 약인지에 대해서 오랜 시간 고민했었다. 삶이 노련하다고 이야기할 정도로 경험이 풍부한 나이는 아니지만, 지금에 와서 보니 예민함은 나에게 약이 될 때가 훨씬 많았다.

내가 나의 예민함을 객관적으로 잘 파악하면 파악할수록 양날의 검이라는 생각을 하게 됐다. 아무리 훌륭한 칼이라고 해도 실력이 형편없는 요리사의 손에 들어간다면 사람들을 행복하게 만드는 음식을 요리하진 못할 것이다. 하지만 그 칼이 훌륭한 요리사의 손에 들어간다면 많은 사람을 행복하게 만드는 훌륭한 음식을 만들어 낼 것이다. 그런데 극단적으로 그 훌륭한 칼이 고작 사람이나 해칠 줄 아는 사람의 손에 들어간다면, 그 칼이 가진 칼날의 의미는 순식간에 바뀌어 버린다. 나에게 예민함은 이와 같다.

예민함을 막연하게 부정적이라고 생각하기보다는 내가 이걸 어떻게 활용할 수 있을지 생각해본다면 생각보다 긍정적인 요소를 많이 발견할 수 있다. 이것을 흔히 자아 성찰이라고 이야기하는데, 대부분의 사람은 살면서 놓칠 만큼 어려운 일이다. 많은 이들이 이러한 고민을 쓸데없이 골치 아픈 일로 생각하고 머릿속을 텅 비울 수 있는 오락거리에 시간을 소비한다. 바로 이 작은 선택의 차이가 삶을 완전히 다른 방향으로 바꾸어놓는다. 스스로에 대해서 고민하는 사람은 끊임없이 변화하고, 스스로에 대해 아무런 고민을 하지 않는 사람은 항상 변함없고, 변함이 없는 만큼 발전도 없다. 그들에게 예민함은 평생 자신을 괴롭히는 독일 뿐이다.

나와 비슷한 위치에서 함께 시작했어도 어느새 나보다 월등히 앞서있는 사람은 나보다 무언가를 더 했다는 의미이고, 그 무언가를 했다는 건 생각의 변화가 끊임없이 이루어졌다는 것이고, 그 생각의 변화는 스스로에 대한 발견이 끊임없이 이어졌다는 의미이다. 이런 사람들이 예민함을 본인에게 유리한 무기로 활용할 수 있는 지혜를 터득한다. 이렇게 꾸준한 자아 성찰을 통한 발견은 시간이 지날수록 더 환하게 빛난다. 스스로가 약점이라고 생각하는 타고난 성격은 그 형태가 어떻든 간에 스스로에 대한 오랜 고찰을 통해 영리하게 활용할 수 있게 된다. 어린 시절에는 실수를 유발하는 독으로써 작용하는 일이 많겠지만, 성인이 되어가며 더 나은 방향으로 발전시키거나 혹은 스스로를 갉아 먹거나 둘 중 하나로 나뉜다.

예민함이라는 성격은 예술가에게는 훌륭한 영감의 원천이 될 수 있다. 누군가에게는 타인을 관찰하는 엄청난 혜안이 될 수 있고, 누군가에게는 흔한 재료로 엄청난 맛의 차이를 만들어내는 추진력이 될 수도 있다. 이런 사람들은 자신의 예민함을 무기로써 어떻게 활용해야 할지 자연스럽게 생각이 흐른다. 내 성격을 온전히 있는 그대로 파악하고 적절하게 활용하는 사람들을 우리는 흔히 노련하다고 이야기한다. 하지만 어린 시절에는 이러한 노련함이 없기 때문에 수많은 방황과 어떠한 문제를 직면했을 때 깨지고 부딪히고 넘어지는 일련의 연속을 경험한다. 아주 사소한 문제에도 온 힘을 다해서 화를 낸다. 남들 눈에는 보이지도 않는 작은 문제에 큰 의미를 부여한다. 그 감정의 파도는 어떤 날에는 나 자신을 괜찮은 사람인 것처럼 느끼게 하다가도 어떤 날에는 한없이 초라하게 느끼게도 한다. 이러한 반복되는 수많은 피로감 속에서 자신의 성격을 부정하기 쉽다. 그리고 결국 늦은 시간 잠자리에 누웠을 때 이러한 고달픔이 지겨워 이런 생각을 하게 된다.

'예민한 성격을 고칠 순 없을까?'

보통 예민한 성격은 나를 찌르기만 하는 칼로 인식하곤 한다. 그래서 그 성격을 어떻게 긍정적으로 활용할 수 있을까를 고민하기보다 고치거나 없애는 쪽으로 생각한다. 타고난 성격을 성인이 되어서 바꾸려는 건 사실상 불가능에 가깝다. 더 정확히는 타고난 기질에 속하는 예민함, 감수성, 인내력, 대범함, 즉흥성 등 우리가 문제라고 여기는 부분에 속하는 기질은 유전적인 영역에 속하기 때문에 쉽게 바꿀 수 없다. 이러한 기질들은 독이 될 수도 있고 약이 될 수도 있다.

당신의 손에 이미 주어진 재료들이 있다. 훌륭한 요리사가 될지, 형편없는 요리사가 될지는 스스로 충분히 결정할 수 있다.

"세상을 바꿀 생각은
누구나 하지만,
자신을 바꾸려는 사람은
아무도 없다."

톨스토이

시기와 질투를 대하는 방법

세상에는 시기와 질투가 난무한다. 그리고 대부분은 본인이 타인을 시기하고 질투하고 있다는 사실조차도 외면한다. 시기와 질투는 같은 맥락으로 쓰이는데, 그 이유는 대부분 누군가를 시기하는 이유가 열등의식에 사로잡히기 때문이다. 열등의식은 질투이다. 질투는 시기심을 바탕으로 둔 감정이라고 이야기한다. 누군가를 질투하면서도 나의 질투심을 솔직하게 이야기하는 경우는 드물다. 대부분은 본인의 질투, 즉 열등의식을 숨기며 다른 방식으로 표출하는데, 가장 대표적인 방식이 바로 뒷담화이다. 타인의 가치를 깎아내릴수록 나의 열등의식은 조금씩 해소된다. 조금씩 해소되기 때문에 더 빈번하게 뒷담화를 하게 된다. 그렇게 열등의식으로 낮아진 자존감을 비겁한 방식으로 채워간다. 사실 본인의 자존감이 올라갔다고 착각하는 것일 뿐, 실제로 본인의 가치가 올라가진 않았으나 이를 절대로 인정하지 않는다. 이러한 사람들은 자신의 본질과 마주칠 때마다 부정적인 감정이 피어오른다.

스스로 정당하게 노력하여 삶의 가치를 올리는 방식은 시간이 오래 걸리고 힘이 든다. 그러나 험담을 통해 누군가의 가치를 일시적으로 하락시켜 나의 가치를 상승시키는 행위는 쉽다. 그래서 일부 사람들은 이 행위 자체에 쉽게 중독되어 점점 정당한 방식으로 노력을 통해 삶을 발전시키고 싶은 마음이 사라져 버린다. 이렇게 가짜 자존심을 채워가는 사람들에게는 큰 부작용이 있는데, 본인의 진짜 가치를 마주할 때마다 엄청난 피해 의식에 사로잡힌다는 것이다.

최근 일명 '사이버 렉카'라고 불리며 유명 아이돌들의 이미지를 훼손시키는 수위가 높은 가짜 뉴스를 만들어 그들에게 심각한 명예훼손을 입힌 사람이 잡혔다. 돈이 됐기 때문에 그러한 비열한 행위를 했다고 하기에는 그 대상이 너무나 명확했다. 자신의 얼굴과 목소리를 감추며 유명 아이돌들의 가치를 깎아내리는 행위로 본인의 열등감을 조금씩 해소했을 것이다.

주변에서도 흔히 이러한 사람들을 만날 수 있는데, 가장 인상 깊었던 일화가 있다. 대학생 무렵 나는 체중 감량에 크게 성공했었다. 누가 봐도 그 차이가 분명했기 때문에 개강하고 오랜만에 만나는 학교 사람들 모두 놀라워했다. 그렇게 살을 빼고 외모의 변화를 통해 내가 겪은 반응은 두 가지로 분류되었다. 첫 번째는 여자로서의 볼륨감이 사라졌다며 나를 안타깝게 바라보거나, 이전이 훨씬 더 보기 좋았다며 조금 더 살을 찌우라고 이야기했고, 두 번째는 훨씬 더 아름다워진 외모를 칭찬하며 나의 노력을 인정해주었다. 장담컨대 이 의견의 차이는 취향 차이가 아니었다. 당시 나는 키 171cm에 몸무게는 52kg으로 편의점 아주머니께도 예쁘다며 칭찬받던 시기였다. 나의 외모는 섭식장애를 연상시키지도 않았으며, 건강한 방식으로 음식을 조절하며 다이어트에 성공했었다. 나의 노력을 부정적으로 평가한 사람들은 그 순간 피어난 열등감을 표현했을 뿐이다. 나의 노력을 폄하했음에도 불구하고 나는 그들에게 전혀 화가 나지 않았다. 그리고 그들은 나의 반응에 더 화가 났을 것이다.

대부분 험담으로써 타인의 가치를 깎아내리는 사람들이 가장 큰 만족감을 얻는 포인트가 있는데,

바로 그에 걸맞은 반응이 왔을 때이다. 만약 나의 다이어트 후의 외모에 비난한 대상들에게 그 말도 일리가 있다는 듯이 수긍하는 순간, 그들의 험담을 가장한 가짜 조언은 진짜 조언이 되어버린다. 그리고 그들은 매 순간 내가 그들의 말을 수긍하기 위하여 얼마나 노력하고 있는지 관여한다. 만약 여러분 주변에 험담으로 누군가의 가치를 깎아내리는 비겁한 유형의 사람이 있다면 그들의 가짜 조언에 반응하지 말고 그들이 얼마나 타인에게 열등의식을 가지고 있는지, 그 본질을 이해하면 도리어 화가 나지 않게 된다. 그들의 말은 포장지일 뿐이다. 그 안에는 타인을 향한 열등감으로 가득 차 있다. 우연히 그러한 사람을 마주하게 되더라도 그 본질을 알게 된다면 가볍게 웃어넘길 수 있다. 그들의 말에 공감이 되지도 않을뿐더러 그들의 마음이 결국 안쓰러워 보일 뿐이다. 타인의 공감대를 얻지 못한 열등감은 혼자 조용히 사그라든다.

가끔 타인의 질투로 고통을 호소하는 사람들이 있다. 그리고 그들의 괴롭힘으로 힘들어한다. 그러나 그들의 질투가 결국 나를 향한 열등감으로 시작됐다는 걸 이해하게 되는 순간 상황은 다르게 읽힌다. 이것이 시기와 질투를 대하는 유일한 방법이다. 그들의 열등감은 같은 행동도 다르게 보이게 만든다. 그리고 결국 그들의 행동에 어떻게 반응해야 하는지 고민하는 것 자체가 의미가 없어진다. 그들의 열등감은 본인 스스로 가치를 올리려고 정당하게 노력하지 않는 이상 절대로 사라지지 않기 때문이다. 그들의 열등감이 해내는 일은 스스로를 더욱 고립시킬 뿐이다.

비겁한 행동을 하는 타인을 보고 쉽게 웃어넘기는 행동은 단순히 감정적으로 억누르고 참기 때문에 나올 수 있는 행동이 아니라 본질을 얼마만큼 볼 줄 아느냐에 달려있다. 그런 사람들에게는 관심을 줄 필요 없다. 일부로 관심을 가지지 않기 위해서 노력하는 게 아니라, 그 본질이 얼마나 가치가 없는 것인지 알게 되는 순간 관심은 저절로 꺼지기 마련이다.

처세술이 뛰어난 사람

살면서 처음으로 동경과 질투를 함께 느낀 여자가 있었다. 그 여자는 자기만의 스타일이 너무나 확고했고 개성이 있어 보였다. 또한 항상 본인의 이목구비에 어울리게 화장을 잘하고 다녔고, 모두에게 먼저 웃으며 인사를 건넬 정도로 상냥했고 쾌활했다. 본인이 해야 할 일은 똑 부러지게 해냈으며 본인이 손해 볼 행동은 절대로 하지 않았다. 그 당시 굉장히 내성적이고 소심했던 나는 내게 이득이 되는 무언가를 얻기 위해서 남들의 눈치를 보지 않고 적극적으로 노력해서 얻어내는 그녀의 모습이 인상 깊었다. 지금도 그 사람의 이미지를 떠올릴 때면, 환하게 웃는 모습만이 떠오른다. 그녀는 욕심이 있었지만, 그만큼 노력했고, 모두가 인정할 만큼 항상 정당했으며 친절했다. 나는 그 당시 어렸기 때문에 마음속으로는 마냥 친해지고 싶은 생각도 있었지만, 더불어 신기하면서도 약간의 질투심을 느꼈다. 나보다 나이가 훨씬 더 많거나 큰 업적을 이룬 누군가가 이러한 모습을 보여준다면 오로지 동경심이 생겼겠지만, 쉽게 매일 볼 수 있는 주변인 중에서 이런 사람을 만나게 된다면 복잡한 감정이 든다.

나는 20대 초반까지만 해도 당당하게 나의 이득을 위해서 가장 먼저 손을 드는 행위를 부끄럽게 생각했다. 그리고 어린 시절부터 본인이 원하는 것을 멋지게 쟁취해내는 사람도 보기 힘들었다. 분명히 본인의 이득을 가장 중요시 여기는 것 같은데, 성격도 좋고 스타일도 좋고 누구보다 본인의 삶을 노력해서 살아가는 모습을 가진 사람을 보면 나는 '여우 같다'라고 생각한다. 물론 내가 누군가에게 여우 같다는 이야기를 한다면, 그건 내 기준에서 100% 칭찬이다. 나는 절대로 이기적이고, 멍청하고, 영악하고, 비열한 종류의 사람을 향해 여우 같다고 이야기하지 않는다. 만약 그들이 진짜 여우 같은 사람이었다면 절대로 본인의 나쁜 속내를 들키지 않았을 것이다. 그래서 그들은 절대로 여우가 될 수 없다.

진짜 여우짓을 잘 하는 사람이 대단하다고 느껴지는 부분은 본인의 마음속에 어떤 욕심이 자리 잡고 있다고 할지라도 사람들에게 친절과 호의를 잘 건넨다는 것이다. 그리고 본인의 욕심을 채우기 위해서 그 이상으로 분명히 노력한다는 것이다. 내 욕심을 채우기 위해선 적을 만들지 말아야 하고, 절대로 그 욕심을 들켜선 안 된다. 그래야만 그 욕심을 온전히 채워낼 수 있기 때문이다. 이렇게 진짜 여우짓을 잘 해내는 사람들을 보며 여우짓을 흉내 내볼 순 있겠지만, 대다수의 사람들은 그들처럼 먼 앞날까지 바라보지 못하고 지금 당장 내가 취할 수 있는 이득에만 심취해있기 때문에 속내를 금방 들켜버린다. 그래서 그들은 여우 같다고 욕을 먹지만 사실은 여우짓에 실패했기 때문에 욕을 먹는 것이다. 세상에 어떤 멍청한 여우가 지금 당장의 이득을 위해서 본인의 속내를 들키는 실수를 저지른단 말인가.

예전에 이런 말을 들어본 적이 있다. "진짜 여우는 아무도 걔가 여우인지 모르는 게 포인트야." 이 한마디가 여우짓이 사실은 얼마나 똑똑해야 할 수 있는 어려운 행동임을 설명해주고 있다. 그들이 가장 중요하게 생각하는 것은 타인에게 호감을 줄 수 있는 아름다운 외모뿐만이 아니라, 상황에 맞는 적절한 처세술이다. 처세술은 상황에 따라서 제각각으로 달라질 수밖에 없기 때문에 절대로 이

론적으로만 배울 수 없다. 오로지 내가 직접 경험하는 삶 속에서 스스로 터득해야 하는 것이다.

처세술에 능한 사람들은 본인의 이득만을 꾀하기 전에 사람들과 거래할 줄 안다. 인간관계에 있어서도 우리는 매 순간 어떠한 거래를 한다. 예를 들어서 A라는 친구가 나와의 약속 시간에 30분 지각했다면 우리는 굉장히 분노한다. 나의 시간과 에너지를 낭비했다는 생각 혹은 상대방이 내가 존중하는 만큼 나를 존중하지 않는다는 생각 등으로 화를 내는 것이다. 그때 A라는 친구가 나에게 제안한다. 본인이 사과의 의미로 근사한 저녁을 대접하겠다는 것이다. 그 순간 우리는 기분이 풀린다. 내가 손해를 본 만큼 보상을 받기 때문이다. 이처럼 처세술에 능한 사람은 본인만을 생각하지 않고 필요한 순간 적절한 제안을 할 줄 안다.

그리고 그들은 본인의 눈치를 상대방의 약점을 파

악해서 공격하는 데 쓰는 게 아니라, 상대방이 원하는 걸 빠르게 발견해서 본인과 어떤 거래를 할 수 있을지 생각한다. 대부분 자신의 이득만을 생각하면서 움직이면 타인에게 굉장히 이기적인 유형으로 비치지만, 눈치가 빠른 사람은 상대방의 니즈를 빠르게 파악해서 내 이득을 채움과 동시에 그들이 손해 보는 기분을 느끼지 않도록 상황을 잘 이끌어간다. 감정적인 부분이든, 물질적인 부분이든, 그 어떤 부분에서도 그들이 손해 보는 기분을 느끼게 하지 않는다. 한마디로 나의 이득을 채우기 위해서 상대방과 정당한 거래를 한다는 것이다. 이러한 눈치가 있으려면 그만큼 머리가 좋아야 한다. 이기적인 유형의 사람들은 상대방이 뭘 원하는지 별로 관심이 없다. 그래서 대부분은 이러한 상황들이 반복되면 상대방이 이기적으로 행동하려고 한다는 걸 쉽게 눈치챈다. 다시 한번 말하지만 이건 처세술이 아니다. 본인만의 이득을 꾀하려다가 실패했을 뿐이다.

대부분의 이득에는 희생이 따른다. 내가 부모님에게 받는 용돈은 부모님의 희생이다. 내가 달마다 받는 월급은 내가 노동자로서 희생한 대가이다. 관계를 장기적으로 잘 끌고 가려면 내가 원하는 것을 얻기 위해서 상대방의 입장에서도 생각할 줄 알아야 하는데, 이건 상대방이 굳이 말해주지 않아도 내가 빠르게 눈치를 채야 하는 부분이다. 여우짓을 잘하는 사람들은 이 부분을 잘 해낸다. 그래서 여우짓을 잘하기 위해선 똑똑해야 한다.

또한 그들은 상대방에게 먼저 다가간다. 혹은 상대방이 나에게 먼저 다가오게끔 만드는데, 평소 같으면 100의 용기를 써야 했다면 20의 용기만으로 본인에게 다가올 수 있는 상황을 만든다. 남들이 보기엔 상대방이 먼저 다가간 것이지만, 사실 상대방이 다가올 수 있도록 내가 상황을 만들어 준 것이다. 공통점은 나의 의도로 상황을 만들었다는 것이다. 이 이야기를 하는 이유는 처세술에 능한 사람들은 대부분 누군가와 친해지는데 굉장히 적극적이라는 것이다. 그 친한 관계가 정말 순수한 감정의 교류든 어떠한 이득이 생길 관계이든지 말이다. 그래서 상황판단이 빠르고 처세술에 능한 사람들은 친근하고 호감형에 친절하고 쾌활하다. 우리가 생각하는 냉미녀, 냉미남 혹은 벽이 느껴지는 유형의 차가운 사람들, 다가가기 힘든 사람들은 절대로 처세술에 유리한 위치를 점할 수 없다. 우리가 일상생활 속에서 유리한 포지션을 잘 취하는 사람들은 대부분 친근한 사람들이기 때문이다. 사람들과 친밀할수록, 잘 지낼수록 상황을 나에게 유리하게 만들기 쉬워지기 때문이다.

그들은 항상 주인공을 자처하지 않는다. 물론 인생의 주인공은 '나'이지만, 제3자가 어떠한 집단을 바라봤을 때 내가 주인공인 것보다는 조연일 때가 유리한 경우가 많다. 어떠한 상황에서 내가 주인공이 되는 순간 부정적이든 긍정적이든 사람들의 이목을 상대적으로 많이 받게 되고, 그만큼 리스크가 커진다. 지켜보는 눈이 많다는 건 그만큼 유리한 면도 있지만 불리한 면도 있기 때문이다. 이 개념을 잘 파악한다면 내가 나서야 할 때와 나서지 않아야 할 때를 잘 구별할 수 있다. 이러한 모든 행동의 원천에는 나의 이득이 있다.

사실 속이 뻔히 보이는 단기적인 이득을 위해서 행동하는 사람은 진짜 처세술에 능한 사람이 아니다. 그리고 우리는 그들의 눈에 보이는 이기심을 충분히 피할 수 있다. 정작 우리는 진짜 처세술에 능한 사람이 주변에 있음에도 눈치채지 못하고 있을 수 있다. 처세술에 능하다는 것은 어떤 상황에서는 내가 가진 능력 그 이상의 대우를 받을 수도 있고, 어떠한 관계에서 생길 수 있는 문제를 사전에 차단할 수도 있다. 연인 관계나 친구 관계에서도 혹은 직장 동료 관계에서도 처세술에 능하면 능할수록 삶은 분명히 편안해지고 유리해진다.

현실적으로 순수하고 열정적인 마음만이 삶을 가득 채워주진 못한다. 우리가 앞으로 겪을 모든 상황에는 서로 다른 규칙들이 끊임없이 생길 것이고, 우린 최대한 빠르게 그 규칙들을 읽어내 나에게 유리한 쪽으로 말을 옮길 수 있어야 한다. 이러한 처세술은 단순히 나의 이득을 위해서만 사용되지 않고 스스로를 보호하는 힘으로 사용되기도 한다. 순수한 마음만이 모든 걸 해결해 주지는 않기 때문이다. 우리는 가끔 타인에 의해 움직이는 말이 되는 게 아니라, 직접 말을 움직일 줄 아는 힘이 필요할 때도 있다는 걸 기억해야 한다.

주변에 휘말리거나
정치질에 휘말리지 않기

삶을 살아가며 다양한 이유로 어떠한 상황에 끊임없이 휘둘리거나 혹은 누군가로 인해 원치 않는 상황에 휘말리게 될 때가 있다. 흔히 '정치질'이라고 이야기하는데, 대체로 부정적일 때가 많다. 오랜 시간 사회생활을 하다 보면 정치질에 휘말리지 않는 것만으로도 내가 겪을 수 있는 정신적인 피로감과 부당한 상황을 줄일 수 있다는 것을 알게 된다. 그러므로 타인의 정치질을 피할 수 있다면 가능한 모두 피하는 것이 좋다.

어쩔 수 없는 상황으로 누군가의 정치질에 휘말리더라도 정작 당신을 곤경에 처하게 만든 사람은 절대로 그 책임을 온전히 지려고 하지 않을 것이다. 그 사람의 정치질에 기꺼이 참여하든 참여하지 않든 선택의 몫은 나에게 있으므로, 함부로 휘두르기 쉬운 사람으로 보이지 않는 것이 중요하다.

남에게 쉽게 휘둘리거나 상황에 엮이게 되는 사람들의 공통점은 보통 본인만의 규칙이 없다는 것이다. 나의 주관을 강하게 어필하고 상대방을 내 편으로 만들고 싶어 하는 사람이 대체로 이러한 본인만의 규칙이 없는 사람을 먹잇감으로 삼는다. 규칙이 없으므로 나의 규칙을 적용시키려 하기 때문이다. 그들은 처음에는 친밀하게 접근해 관계를 쌓고는 하나씩 자연스럽게 본인이 싫어하는 대상에 대한 공감대를 형성하기 위해 뒷담화를 하기 시작한다. 그렇게 정치질은 시작된다. 그렇다면 이러한 정치질에 엮이지 않으려면 어떻게 해야 할까? 누군가를 놀릴 때 상대방에게서 아무런 반응이 없다면 금세 시시해져서 놀리는 행동을 멈추게 되는 것처럼, 그에 걸맞은 타격감을 선사해 주지 않으면 된다. 대개 내가 소비하는 에너지만큼 결과가 돌아오지 않으면 중간에 포기하기 마련이다. 그러니 정치질을 위해 나를 엮으려고 다가오는 사람에게는 어떠한 반응도 해주지 말자.

이전 회사에서 겪은 재미있는 일화가 하나 있는데, 꽤나 보수적인 회사 분위기 때문인지는 몰라도 회식 날이 되면 모두가 집에 갈 타이밍을 찾느라 눈치 보기 바빴다. 그런데 어느 날, 새로 입사한 신입사원의 행동으로 회사 내 순식간에 소문이 퍼졌다. "글쎄, 새로 입사한 A씨가 저녁 7시가 되자마자 여자친구가 걱정한다며 집에 귀가해야 할 것 같다고 당당하게 인사하고 들어갔다지 뭐야!"
이러한 소문에 대한 직원들의 반응이 재밌었다. 늦은 밤까지 길어지는 회식이 곤욕스럽기 때문이었을까, 하고는 싶었지만 하지 못한 행동을 먼저 해내 줬기 때문이었을까. 몇 명을 제외하고는 "우와! 진짜 대단하다!"라는 반응이 대부분이었다. 이를 시작으로 개인적인 사정이 있다면 적당히 식사만 마치고 귀가하는 분위기가 조성되기 시작했다. 몇 명은 이러한 분위기가 썩 마음에 들지 않았을 것이다. 권위적인 분위기가 진해질수록 이득을 볼 수 있는 사람들이 있기 때문이다.

재밌었던 부분은 이러한 상황에 불만을 가진 (임원들에게 예쁨 받고 싶었던) 소수는 당당하게 먼저 귀가한 신입사원 A씨를 뒤에서 비난하며 분위기를 바꾸려고 노력했지만, 정작 그에게는 아무런 타격이 없었다는 것이다. 그는 본인의 사생활을 존중받고 업무에 지장만 없다면, 타인이 본인을 어떻게 생각하는지 대해서는 별다른 감흥을 보이지 않았기 때문이다. 그리고 회사 내에서 과한 사생활 관여에 불만을 가지던 사람들 또한 하나둘 목소리를 내기 시작했다. "회사에서 자기 할 일 잘 해내고, 다른 사람에게 피해를 준 것도 아닌데 왜 욕하는 거야?" 이 이슈는 회사 내에서 금세 다른 이슈로 묻혔다. 말했듯이 내가 사용한 시간과 에너지만큼의 결과가 나오지 않는 정치질의 선동자는 쉽게 다른 먹잇감을 찾기 때문이다. 이들은 끈기가 없었고, 효율을 중요하게 생각했다.

남에게 피해를 주지 않는 선에서 본인의 위치를 안정적으로 잘 만들어가는 사람은 본인의 규칙을 타인에게 보여주는 것 또한 잘 해낸다. 본인이 해야 할 일들에 모든 집중력을 쏟아붓지, 타인의 일에 자신의 에너지를 쓰며 오지랖을 부리지도 않는다. 감정적으로 타인에게 관여하지 않는 대신 본인도 타인의 관심을 사양한다. 이처럼 선이 분명한 사람은 타인이 함부로 그 선을 넘어오지 않도록 계속해서 본인만의 선을 강조한다. 그래서 이러한 사람은 정치질하는 선동자들이 비집고 들어갈 틈이 보이지 않는다. 이렇게 타인과 거리감을 형성하는 과정은 사회생활을 하면서 누구에게나 절실하게 필요한 순간이 온다.

사회생활 초반에는 감정적으로 타인에게 쉽게 동요하는 사람이 멋지다고 생각했다. 그들은 나에게 쉽게 공감하며 이해해 주는 것 같았고, 사회에서도 친구를 만드는 게 가능할 것이라 기대했다. 그러나 대부분은 그렇지 않았다. 물론 전부는 아니지만, 어딜 가나 쉽게 나의 약점을 쥐고 정치질의 도구로 쓰려는 사람들이 섞여 있었다. 지금에야 내가 확신할 수 있는 건, 나에게 대외적으로 매너를 지키며 그 어떤 사적인 감정을 교류하지 않는 사람들이야말로 가장 안전한 사람들이라는 것이다.

우리는 대개 누군가와 감정을 교류할 때 항상 긍정적인 감정만을 교류하지 않는다. 그 안에는 슬픔, 분노, 스트레스, 매너리즘과 같은 부정적인 감정도 반드시 섞여 있다. 대부분 타인에게 더 가까이 비집고 들어갈 수 있는 틈은 감정이다. 그들이 나를 위로하고 공감하는 순간, 우린 그들의 먹잇감 우선순위에 오르고 만다.

'정체성 정치'라는 단어가 있다. 이는 다양한 의미로 해석이 되는데, 단순하게 이야기하자면 우리가 어떠한 상황 속에 놓였을 때, 평소 생각하던 가치관과는 달리 어떠한 이해관계에 따라서 일관성 없이 행동하는 걸 말한다. 이러한 상황에서는 대부분 "나도 그 상황에서는 어쩔 수 없었어."라고 이야기하지만, 사실 그 선택의 책임은 당사자에게 있다. 다시 말해, 애초에 여러분이 어떠한 이해관계에 얽히게 될 경우 옳은 선택을 하게 될 확률은 현저하게 떨어지게 되므로, 그 이해관계 속으로 깊게 들어가지 않도록 적당한 거리감을 유지하는 것이 매우 중요하다는 말이다. 어떠한 이해관계에 깊게 얽혀버리면 올바른 판단력을 잃어버린다. 공부를 못하는 학생은 절대로 혼자서 딴짓하지 않고 항상 함께할 공동체를 형성하려 한다. 게으르고 비겁한 사람들은 함께하는 사람이 많을수록 스스로 위안을 얻지만, 묵묵히 본인의 일을 해나가는 성실한 사람들은 굳이 누군가와 함께하려고 하지 않는다. 인간은 환경이 지배하기 마련이며, 우리에게는 매 순간 선택할 수 있는 기회가 있다.

삶은 가만히 놔둔다고 해서 옳은 방향으로 흘러가지 않는다. 핸들을 놓으면 방향 감각을 상실해버리는 자전거와 같이, 우리는 매 순간 옳은 방향으로 나아가기 위해 균형을 잡아야 한다. 이는 인간관계도 마찬가지이다. 내가 해야 하는 일들 이외의 것에 너무 큰 에너지와 시간을 쏟고 있다면, 이미 균형이 무너졌음을 의미한다. 다시 핸들을 똑바로 잡고 균형을 되찾아 원래 가고자 했던 방향으로 굳건히 나아가야 한다.

"인생은 자전거를
타는 것과 같다.
균형을 잡으려면
움직여야 한다."

아인슈타인

뒷담화하는 이유

어느 날 구독자 한 분에게서 장문의 메시지를 받았다. 지인의 뒷담화로 크게 상처를 입었고, 그 일로 새로운 환경에서 새로운 사람들과 어울리는 게 너무 어렵다고 했다. 지인의 뒷담화가 결국 트라우마가 되어 매 순간 스스로를 최대한 숨기고 살아가게 되었다는 것이다. 아마 적지 않은 사람들이 이와 비슷한 일을 겪어보았을 것이다. 뒤에서 타인을 험담하는 사람 중 누구도 자신의 모습을 자랑스럽게 생각하지는 않을 것이다. 타인을 공격하는 사람은 스스로가 정당하지 못하다는 걸 알면서도 그

비난을 멈추지 못한다. 그리고 자신의 얼굴과 목소리를 들키지 않기 위해서 노력한다. 그러나 뒷담화의 대상이 된 사람은 그 내용이 사실이든 거짓이든 현실을 떠안은 채 본인을 해명하며 살아가야 한다.

이렇게 우리는 때때로 일어나는 부조리한 상황에 인생을 낭비하며 살아간다. 이 주제로 유튜브 영상을 만들기도 했는데, 어떠한 이유건 정당하지 않은 방식으로 타인을 폄하하는 행동은 아무런 가치가 없다는 것을 이야기하고 싶었기 때문이다.

늘 바쁘게 살아가는 사람은 불필요한 에너지를 소모하지 않는다. 평소에 잡념이 많은 사람이라도 처리해야 할 일이 많아지면 잡념에 빠져있을 여유가 없다. 우리의 에너지는 한정되어 있기 때문에 중요도가 높은 일이 많아질수록 중요도가 낮은 일들은 귀찮거나 하찮은 일이 되어버리기 때문이다. 그러므로 자신의 삶 자체의 중요도가 높은 사람들의 공통적인 특징이 바로 타인의 삶에 신경 쓸 겨를이 없다는 것이다. 이와 반대로 자신의 삶의 중요도가 낮으면 낮을수록 넘쳐나는 에너지를 하찮은 일에 소모하게 된다. 대부분 뒷담화로 타인을 폄하하길 즐기는 사람들이 후자에 속한다. 단순한 예로, 열심히 운동하기 위해 디테일한 운동 스케줄을 짜서 헬스장에 가는 사람은 다른 사람들이 눈에 들어오지 않는다. 본인에게 최대한의 집중력을 끌어올리는 데도 부족하기 때문이다. 그러나 가벼운 마음으로 헬스장에 가는 사람은 다른 사람의 운동복, 운동하는 자세, 얼굴 등이 자연스럽게 눈에 들어오면서, 사적인 생각으로 이어지게 된다.

본인이 가진 소중한 시간과 에너지를 제대로 활용하지 못하는 사람은 결국 나에게로 향해야 할 집중력이 떨어지면서 삶을 발전시키지 못한 채 뒤처진다. 고로 뒷담화를 즐겨 하는 사람은 그만큼 자신의 삶에 집중하지 못하고 있을 확률이 높다. 타인에 대한 험담을 즐기면 즐길수록 내 삶을 보살필 시간과 에너지는 줄어든다. 그들은 뒷담화하는 시간이 늘어날수록 본인의 삶이 얼마나 빠르게 뒤처지고 있는지 대해서는 눈치채지 못한다.

충고와 험담은 엄연히 다르다. 조언과 애정이 섞인 충고는 그 대화 속에서 새로운 답을 찾을 수 있도록 도와준다. 비록 그 순간 기분이 좋지 않더라도 곱씹으면 곱씹을수록 자아 성찰의 계기가 되어준다. 그러나 무조건적인 험담은 애정으로 포장할 순 있어도 절대로 발전을 도모할 수 있는 답이 들어 있진 않다. 그리고 충고는 대부분 내가 무언가를 배울 수 있는 대상에게서 듣게 되지만, 험담은 뒤처지는 사람에게서 듣게 된다.

내가 힘껏 달리고 있다고 가정했을 때, 내가 볼 수 있는 건 뒤처지는 사람이 아니라, 앞서가는 사람의 뒷모습이다. 또 내가 전교에서 3등을 했다고 가정한다면, 신경 쓸 대상은 1등과 2등이지, 4등과 5등은 아닐 것이다. 그리고 나보다 앞서가는 사람을 앞지르기 위해 노력하며 성장해나갈 것이다. 물론 누군가는 노력하기보다 앞서가는 사람을 어떻게든 잡아끌기 위해 노력할 수도 있다. 시기와 질투와 같은 감정은 사람이라면 누구나 자연스럽게 느낄 수 있는 감정이지만, 이 감정을 어떻게 활용할지는 나의 선택에 달렸다. 그리고 그 선택으로 인해 나의 성장과 발전으로 이어질지, 독이 될지 결정된다. 뒷담화도 이와 같다. 뒷담화는 그 순간의 감정을 어느 정도 해소시켜 줄 수는 있지만, 발전에는 일말의 도움도 되지 않는다. 상대방에게 낸 흠집으로 인해 미세하게나마 격차를 줄였다고 착각할 수 있지만, 결코 아니다.

A는 친한 친구가 다이어트에 성공해 외모의 격차가 벌어졌다고 느껴, 애정으로 포장된 험담으로 친

구를 깎아내렸다. “너무 마르면 남자들이 싫어해.” “너무 살을 빼서 얼굴이 처져서 더 늙어보이는 것 같애.” “너 가슴이 너무 빈약해졌어.”와 같은 말로 그 친구가 다시 살을 찌우게끔 유도한다. 그것이 본인이 살을 빼는 것보다 그 친구와의 격차를 줄이는 데 손쉬운 방법이기 때문이다.

B는 회사를 퇴사하고 프리랜서로 전향한 친구가 어느새 본인보다 몇 배 이상 소득이 높아졌다는 걸 알게 되었다. 갑자기 벌어진 격차를 인정할 수 없었던 B는 험담을 통해 친구와의 격차를 줄이려 노력했다. “남자들은 오히려 돈 많이 버는 여자 싫어해.” “너 돈 많이 벌더니 기가 너무 쎄졌어.” “넌 돈만 벌다가 죽겠다.”라는 말로 친구를 깎아내리기 시작했다. 그렇게 친구의 수준이 다시금 나와 가까워질수록 알 수 없는 안도감을 느꼈다.

뒷담화도 이러한 비겁한 정치질에 불과하다. 그리고 그들이 뒷담화를 즐기는 이유는 스스로의 발전을 위해서 노력하는 것이 너무나 힘들기 때문이다. 뒷담화를 멈추지 않는 이상 절대로 발전할 수 없다. 그리고 뒷담화는 시간이 지날수록 자연스럽게 그 힘을 잃게 될 것이다. 여기서 가장 중요한 건, 당신이 앞서나가면 앞서나갈수록 그들에 대해서 이야기할 필요성은 더더욱 사라지는데, 그 이유는 더 이상 그들이 당신의 시야에 보이지 않을 만큼, 당신보다 뒤처져있기 때문이다.

“질투심이 많은 사람은
이웃이 살이 찔 때
마르게 된다.”

호라티우스

이해하면 망하는 관계

오랜만에 친구가 집에 놀러 왔다. 20대부터 함께 시간을 보내온 친구라, 30대가 되고 나서 느끼는 인간관계가 주는 즐거움보다는 공허함에 대해서 이야기를 나누는 시간이 길었다. 매번 완벽한 인간관계를 형성하는 것 자체가 불가능하더라도 가장 많은 실수와 아픔을 겪는 시기는 누구에게나 있을 것이다. 친구는 오랜 연애 끝에 결혼을 약속할 정도로 돈독했던 지난 연인과의 이별 후, 인간관계의 정의에 대해서 다시 한번 깊게 곱씹으며 스스로를 되돌아보는 시기를 지나고 있었다. 그중에서 친구가 가장 후회하는 부분은 지나친 이해심이 문제였다고 말했다. 수년 동안 무조건적으로 상대방을 이해하려고 했던 본인의 태도가 되돌아보니 결코 그 관계를 긍정적으로 만드는 요소가 아니었다는 것이다. 다시 누군가와 인연을 이어가게 된다면, 절대 최선을 다해서 상대방을 이해하려고 하지 않을 것이라고 했다.

우리는 모두 본인이 이해심을 발휘할 수 있는 각자의 허용 범위가 존재하는데, 누군가는 쉽게 이해할 수 있는 문제라도 누군가에게는 절대로 용납할 수 없는 문제가 될 수 있다. 예를 들어서 나와 진지한 연애를 이어가고 있는 상대가 주말 동안 연락이 안 되었던 이유를 "잠만 자느라 그랬어, 미안해. 너무 피곤했나 봐."라고 이야기했을 때 누군가는 이해하고 넘어갈 수 있겠지만(본인이 가진 모든 이해심을 쏟아 부어서라도), 누군가는 이별의 사유가 될 수도 있다. 혹은 작은 의견 차이로 말다툼을 이어갈 때 상대방의 "네가 날 이해하지 못하면 우린 만남을 이어가기 힘들어."라는 이야기에도 모두 다른 반응을 보인다. 타인의 이해심을 당연하게 요구하는 상대방을 이해할 것인지, 이해하지 않을 것인지는 개인의 선택에 달렸다. 친구와 나는 일주일 내내 스트레스로 최악의 컨디션일지라도 최대한의 이해심을 발휘해서 상대방을 이해하려고 노력하는 스타일이었고, 그렇게 너무 많은 양의 이해심을 요구하는 관계들은 대부분 좋지 않게 끝나버렸다. 그리고 그렇게 소모한 이해심들은 결국 바닥이 보이기 시작했다. 내가 가진 이해심을 최대한 발휘해서 상대방을 최대한으로 수용하는 것은 좋은 인간관계를 형성하는 데 있어서 절대로 좋은 방법이 아니다. 어린 시절에는 모든 사람과 잘 지내기 위해서 무조건적으로 이해하고자 하는 마음이 대부분의 문제를 잠재우고 서로가 더 돈독해질 수 있을 것이라 착각하곤 한다.

이해심을 요구하는 상황의 시작에는 대체로 의구심이 있다. 의구심은 해소가 되는 영역이다. 의구심이 해소된다면 굳이 이해심을 발휘할 필요가 없어진다. 그러나 대부분 상대방의 의구심을 해소시킬 여건이 안 되는 사람들은 그 대안으로 상대방의 이해심을 요구한다. 나를 무조건적으로 믿지 않는 상대방의 이해심 부족을 탓하며 상황을 역전시킨다. 이 상황의 문제는 의구심을 만들어낸 내 잘못이 아니라 이 정도도 이해하지 못하는 상대방이 문제로 만들어버리는 것이다. "뭐야. 이것도 이해 못 해줘?"라는 식의 배짱을 부리며 상대방에게 화살을 돌려버린다. 나도 이전에는 이러한 상황에서 '좋은 게 좋은 거지.'라는 마음으로 '그래, 그럴 수 있지. 나와는 다르니까.'라고 스스로를 설득하는 노력까지 해가며 상대방을 이해하려 했다. 이해심은 마음에서 우러나오는 것이므로 사실 더 정확히는 이해하는 척 넘어가는 것에 가까웠다. 친구와 나는 스스로가 이해심이 많은 사람이라고 자기

합리화를 하며, 오랫동안 이해되지 않는 상대방을 이해하려고 애쓰는 멍청한 짓을 이어온 것이다.

이해심은 눈에 보이지 않기 때문에 상대방이 날 얼마만큼 이해할 수 있는지는 오로지 상대방의 반응으로만 유추해볼 수 있다. 그리고 내가 기대한 것만큼의 이해심을 상대방이 가졌다고 해도 거기서 멈추는 게 아니라 점점 한계치가 올라간다. 1의 이해심만 원하던 상대방도 어느 날은 1.5, 어느 날에는 2의 이해심을 요구할 수 있고, 내가 1의 이해심을 아무렇지 않게 썼더라도 어느 날에는 0.5의 이해심조차 버거운 때가 오게 되는 것이다. 진심으로 이해가 되지 않는 상황에서 무조건적으로 이해심을 끊임없이 발휘하다 보면 둘 중 하나다. 결국 내가 미쳐버리거나 상대방의 의도에 맞춰서 움직이는 수동적인 형태로 전락하거나. 필요 이상의 노력이 필요한 관계에서는 그만큼 에너지를 쏟아붓고 있는 사람이 넘어지기 마련이다. 그게 아니고서야 상대방에게 질질 끌려가는 것 말고는 더 이상 할 수 있는 게 없어진다. 그리고 대부분은 이러한 상황에서 본인의 마음이 병들어가고 있다는 사실을 뒤늦게 눈치챈다.

내가 이해하지 않으면 한순간에 끝나버리는 관계는 굳이 이어갈 필요가 없다. 그러나 이렇게 어려운 형태로 아슬아슬하게 관계를 이어가는 것에 이미 익숙해진 사람들은 굳이 서로 이해하지 않아도 편안하게 흘러가는 관계가 있다는 걸 오래전 잊어버렸다. 오랜 시간 편안하게 흘러갈 수 있는 관계는 서로가 동등한 노력을 쏟는 관계이다. 그리고 대부분 관계를 소중하게 생각하는 사람은 상대방이 필요 이상의 이해심을 쓰지 않아도 될 정도로 노력하고 배려한다. 상대방이 나를 무조건적으로 이해해야 하는 상황을 만들지 않기 위해 노력하는 것 또한 상대방에 대한 존중이며 예의다.

"이기주의란 내가 원하는
대로 사는 것이 아니라,
상대에게 내가 원하는
방식으로 살라고
요구하는 것이다."

오스카 와일드

불편한 인연

나의 할머니, 할아버지는 서로 얼굴도 모른 채 동네 어르신들의 중매로 만나 20살이 되기 전부터 돌아가신 날까지 함께했다. 그 시절 '인연'이라는 단어의 의미는 아마도 나의 의지와는 상관없는 그 무엇이 아니었을까. 불과 몇십 년 전만 해도 20살이 되기도 전에 생판 본 적 없는 사람과 결혼식을 올리기도 했다. 운이 좋다면 그 상대를 진실한 마음으로 사랑하며 살아갈 수 있겠지만, 운이 나쁘다면 평생 서로를 증오하며 살아갈 수도 있다. 인연이라는 의미는 이렇게 나에게 주어진 운명 같은 것이었다. 그러나 요즘 관점으로 보면 말도 안 되는 일일 것이다. 요즘 세상에 누가 얼굴도 모르는 사람과 결혼식을 올린단 말인가? 상상도 할 수 없는 일이다. 세상이 많이 바뀐 만큼 인연이라는 의미 또한 사뭇 달라졌다. 나를 괴롭게 만드는 관계가 과연 나에게 인연이 될 수 있을까?

생각보다 많은 사람이 관계로 인해 상처받고 괴로워한다. 그리고 그 관계에 어떤 노력을 기울여야 하는지 혹은 노력을 기울인다고 관계가 회복될 수나 있을지 끊임없이 괴로워하며 답을 갈구한다. 이러한 고민을 하는 사람에게 한 번 맺어진 인연을 소중하게 대하고 끝까지 책임지라는 옛날이야기는 더 이상 설득력을 갖지 못한다. 세상이 빠르게 변하고 있는 만큼 우리는 다양한 경험을 통해, 내 삶을 망치지 않는 선에서 관계를 유동적으로 끌고 갈 수 있는 방식이 있다는 걸 깨닫고 있기 때문이다.

이전에는 없던 새로운 방식의 관계가 생겨났다. '썸'이라고 부르는 관계는 연인이 되기 전, 데이트를 하며 서로를 알아가는 관계를 의미하고, '리바운드'라고 부르는 관계는 깊은 관계가 끝난 후 그 관계에서 벗어나거나 혹은 되돌아가기 위해서 또 다른 이성과 맺는 새로운 관계를 의미한다. 만약 당신이 실연의 슬픔에서 벗어나기 위해 잠시 다른 이성과 데이트하는 것 또한 어떻게 보면 리바운드 관계라고 이야기할 수 있다. 여기서 더 진지한 관계로 발전하든지 혹은 가벼운 데이트에서 끝이 나든지 모두 당신의 선택에 달렸다. 그 선택의 기준이 무엇이든 상관없다. 누군가는 진정한 관계의 의미에 필수 조건으로 희생을 들 수도 있겠지만, 누군가에게는 다른 필수 조건이 존재할 수 있기 때문이다.

우리는 〈환승연애〉와 같은 연애 프로그램에서 사랑하는 마음이 큼에도 불구하고 성격 차이로 헤어지게 된 사람, 혹은 어떠한 사건 때문에 감정이 눈 녹듯 사라졌다는 사람, 미적지근한 감정에 의구심을 품으며 괴로워하는 사람 등에 공감하기도 하고, 자신의 지난 연애를 되돌아보기도 한다. 어떤 사람은 이러한 프로그램의 취지를 이해하지 못하지만, 어떤 사람은 그들을 너무도 이해한다. 그만큼 우리가 인식하는 관계의 의미는 실로 다양해졌다. 관계의 의미가 다양해진 만큼 인연이라는 단어가 정의는 전보다 훨씬 더 모호해졌다.

언제부터인가 '손절'이라는 단어가 익숙하게 사용되었다. 누군가는 100의 노력을 기울여서 인연은 쟁취하는 것이라고 생각할 수 있겠지만, 누군가에게는 20의 노력도 버거울 수 있다. 누군가는 희생 그 자체가 인연의 중요한 요소하고 생각할 수 있지만, 누군가에게는 고통 그 자체가 될 수도 있다. 그러한 사람에게 인연을 소중히 하라는 이야기는 지혜로운 해답이 아니라 강요가 될 수 있다. '과연 이렇게 삶을 포기하면서까지 관계를 이어 가야 할 필요성이 있을까?'에 대해서 끊임없이 고민하게 되는 것이다. 200의 노력을 기울였음에도 불구하고 관계의 개선점을 찾지 못해 방황하는 사람에게 "계속해서 삶을 희생하다 보면 언젠가는 희망을 볼 수 있을 거야."라는 이야기 또한 조언이 될 수 없다. 삶이 불행해지는 경험을 겪어가며 관계에 의문을 갖는 사람에게 가장 도움이 되는 말은 오히려 인연에 대한 기대를 내려놓아도 된다는 말뿐이다.

내 선택과는 상관없이 주어진 인연에 헌신해야 하는 시절은 이미 끝났다. 인연이라는 단어가 가진 의미는 이전보다 더욱 다양해졌다. 예전보다 훨씬 더 다양한 관계의 양식이 생겨나는 이유 또한 우리가 더욱 많은 사람들과 어울리며 삶을 더 행복하게 누리기 위해서 변화하는 과정 중 하나라고 생각한다. 우리는 만남에 대한 중요성은 잘 알고 있지만, 헤어짐에 대한 중요성은 잘 알지 못한다.

나에게 관계란, 삶에 긍정적인 에너지를 주고 마음이 풍요로워지는 것을 의미한다. 굳이 무언가를 주고받지 않아도 존재만으로 서로에게 따뜻함을 안겨주는 사람들이 있다. 그들이 나에게 있어서 가장 가치 있는 관계고 그들과의 관계가 나에게는 곧 인연이다. 그리고 그러한 사람은 운명처럼 자연스럽게 내 옆에 자리하지 않는다. 그들에게 나의 에너지와 마음을 쓰고 서로의 삶을 공감하기 위해 노력하는 시간이 차곡차곡 쌓여 관계를 만들어 가고 있다. 이러한 관계의 장점은 시간이 지날수록 서로의 삶에 윤택함을 불어넣어 준다는 것이다.

각자의 위치에서 본인의 삶에 최선을 다하고, 함께하는 시간에는 서로에게 따뜻한 마음을 전해줄 수 있는 사람들. 이러한 사람들이 나에게 있어서 소중한 인연이다. 반면에 관계의 형성을 위해 상대방의 희생을 당당하게 요구하는 사람들도 있다. 그러한 사람들은 나에게 있어서 불필요한 관계일 뿐이다. 나는 절대로 인연에 의구심을 품지 않는다.

23:00
PM

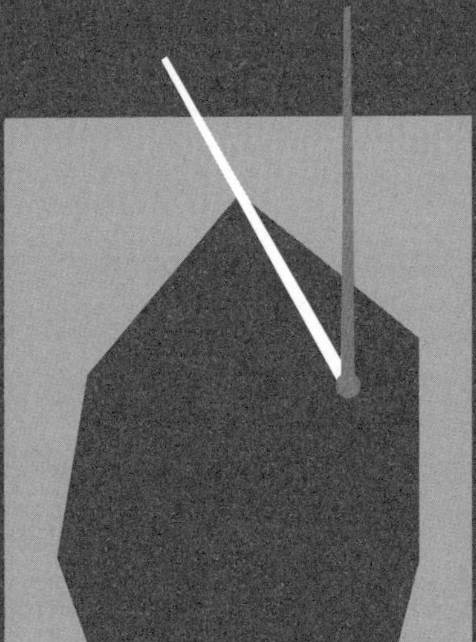

생각이 너무 많은 우리들

남들은 굳이 시간을 들여서 고민하지 않는 어떠한 문제에 사로잡힐 때가 많다. 그러한 사소한 문제들이 쌓이면 결국 큰 에너지를 소비하게 되고 적당한 해결책을 내놓기도 전에 지쳐버리기 일쑤다. 이 부정적인 생각의 패턴은 결국 스스로를 갉아먹고 이러한 하소연을 토해내게 만든다.

"나는 왜 이렇게 생각이 많은 거지?"

종종 서점에 들러 다양한 책들에 둘러싸이는 시간

을 즐기는데, 유독 베스트셀러 코너에서 시선을 사로잡는 책 제목들이 꽤나 있었다. 잘 팔린다는 것은 사람들이 많이 찾는다는 뜻이고, 많이 찾는다는 의미는 많은 사람들이 내적으로 고민하는 내용이라는 의미이므로, 베스트셀러 코너를 훑어보기만 해도 요즘 사람들의 심리를 대충 알 수 있다. 그런데 유독 '생각'에 관련된 제목들이 시선을 끌었다. 웃긴 건 어린아이들이 읽는 동화책에서도 '생각'에 관련된 제목을 볼 수 있었다는 것이다. '걱정을 덜어내는 방법', '생각을 덜 하는 방법', '결국 다 괜찮아질 것'이라는 종류의 내용이 대다수였다. 솔직히 내가 경험한 바로는 생각이 선천적으로 많은 사람들은 그 생각을 절대로 줄일 수 없다. '생각하지 말아야지.'라는 생각은 오히려 수많은 생각을 불러들이는 주문과도 같다.

나는 어릴 적 버스를 탈 때면 창가 자리에 앉는 게 무서웠다. 빠른 속도로 고속도로를 달리는 버스의 벽이 쉽게 무너지진 않을까 걱정스러웠다. 밤늦게 잠을 자려고 천장을 바라보다가 문득 위층에 사는 사람들의 가구가 너무 무거워서 천장이 무너질 것 같은 상상을 하기도 했다. 성인이 되어서는 미래에 대한 생각, 커리어에 대한 생각, 인간관계에 대한 생각 등 내용만 바뀌었지, 오히려 현실성을 더해 종종 밤잠을 설치곤 했다. 이렇게 생각이 많은 건 성격의 한 종류이고 이는 타고나는 것이다.

한창 PT를 받을 때 근육량을 늘리기 위해서 식단 조절을 한 적이 있었다. 대부분 탄수화물의 양을 줄이고 단백질의 양을 늘려야 하기 때문에 가장 손질이 쉬운 닭가슴살을 먹었는데, 나는 닭가슴살을 먹으면서도 정말 많은 생각을 했다.

'몇 그램을 먹으면 좋을까?'
'그런데 이것만 먹으면 금방 배고파질 텐데.'
'호박을 곁들일까? 아니면 고구마를 곁들일까?'

'이렇게만 먹으면 너무 퍽퍽해지는데.'

'소스가 필요해.'

'저칼로리 소스의 제품은 없나?'

'아, 이번 달 카드값 얼마 썼지?'

'지난달 식비가 얼마였더라?'

생각이 꼬리에 꼬리를 물고 금방 새로운 걱정거리를 추가하는 건 시간문제였다. 이런 생각의 포화 상태는 그 자체로도 엄청난 스트레스여서 굳이 닭가슴살만 먹으면 됐을 상황에 더한 스트레스를 받곤 했다. 이럴 때면 생각을 덜 하고 싶다는 생각을 했다.

머리만 대면 잠에 드는 사람들이 정말 부러웠다. 잠에 쉽게 들기 위해서는 그 순간 머리를 가볍게 비우고 마음을 내려놓아야 하는데, 이게 안 됐다.

'오늘은 몇 시간 잘 수 있겠네.'

'그런데 내가 어제 몇 시간 잤더라?'
'주말에 몰아서 자면 더 피곤해지는데.'
'영양제를 먹어야 하나?'
'내가 오늘 비타민을 먹었었나?'
'잠깐만, 영양제 새로 살 때가 됐는데.'
'이번 달 카드값 얼마 나왔지?'
'아, 내년 연봉협상 잘하려면 성과가….'

진작에 이불을 덮었지만, 오랜 시간 뒤척이는 과정은 꼬리에 꼬리를 무는 생각들이 원인이 된다. 굳이 내일 아침에 생각해도 되는 문제를, 굳이 지금 생각한다고 아무런 해결책이 나타나지 않는 문제를, 굳이 일어나지도 않는 문제를 모두 끌어안고 생각의 양만큼 스트레스를 얻는다.

역사에 남는 정치인이자 노벨문학상 수상자, 화가로 알려진 윈스턴 처칠(Winston Churchill)이 남긴 유명한 말이 있다.

"이런 걱정거리들을 모두 돌이켜보면, 임종을 맞아 생전에 고생이 많았다고 했던 노인의 이야기가 생각이 나는데, 대부분은 그런 일이 없었던 것이다."

생각에는 종류가 다양한데, 대부분 생각이 많은 게 괴로운 이유는 단 하나다. 그 생각이 대체로 부정적인 방향으로 흘러 '걱정'으로 변해가기 때문이다. 부정적인 생각이 주는 신체적 반응은 생각보다 다양하다.

· 기억력 오류
· 집중력 저하
· 결정 장애
· 이해력 저하

결국 우리가 개선해야 하는 건 생각의 '양'이 아니라, 그 생각이 긍정적으로 흘러갈 수 있는 마음을 가지는 것이다. 왜냐하면 선천적으로 생각을 많이 하는 사람들은 그 양을 절대로 줄이지 못한다. 오히려 그 생각을 무기로 사용하느냐, 독으로 사용하느냐가 더 중요한 문제이다.

'흰곰 실험(Rebound Effect)'이라는 게 있다. 아주 단순한 실험인데 '생각을 하지 말자'라는 생각은 더 많은 생각을 끌어온다는 것이다. 스스로 사고를 억제하려고 할수록 그것에 대해서 더 많은 생각을 하게 되는 것이다. 소위 '반동 작용'이라고 하며, 이것은 방어기제의 한 종류이다. 쉽게 말하자면 어릴 적 엄마가 하지 말라고 하는 것들에 더 집착하게 되는 것과 같다. 결국 그 집착이 과도한 스트레스로 이어지는 것이다.

고로 우리는 머릿속에 떠다니는 수많은 생각의 긍정적인 면을 파악하는 훈련이 필요하다. 이것은 실제로 생각을 줄이려고 애쓰는 것보다 훨씬 더 효과적일 것이다. 내가 하는 방법은 아주 단순한데,

내가 하루하루 노력하는 것에 가장 큰 의미를 두고 그 노력들이 쌓였을 때 펼쳐지는 긍정적인 미래를 계속해서 머릿속으로 그리는 것이다. 이 과정은 부정적인 수많은 상황을 쉽게 잊을 수 있도록 만든다. 부정적인 생각들은 실제로 우리 뇌에 도파민을 과도하게 분비시켜 굉장히 뇌를 피로하게 만든다. 반면에 긍정적인 생각들은 감정을 개선시키고 수많은 창의력과 상상력으로 이어진다. 이것이 바로 '플라시보 효과'이다.

미국의 심리학자 앨버트 엘리스(AlbertEllis)는 이러한 조언을 남겼다.

1. 그 걱정이 과연 합리적인가?
2. 그 걱정을 하는 이유가 무엇인가?
3. 현재 감정적인 상태에서 걱정하는가?

실질적으로 어떠한 해결책을 내놓아야 하는 걱정

거리가 있다면, 침착한 상태에서 그 문제점을 해결하기 위한 방향으로 가져가는 것이다. 결국 생각은 내가 얼마나 효율적으로 다루는지에 따라서 그 영향력이 달라진다. 당신의 수많은 생각은 결과로 향하는 재료일 뿐이다.

나만의 시간

처음 '나만의 시간'이라는 문장을 접했을 때 굉장히 고리타분하게 느껴졌다. 그 문장이 왜 나에게 큰 의미가 없었을까 곰곰이 생각해보았는데, 아마 홀로 보내는 시간 자체에 그다지 큰 의미를 두지 않았기 때문이었던 것 같다. 우리는 언제나 한결같이 정해진 시간을 부여받는다. 굳이 노력하지 않아도, 더 가지려 애쓰지 않아도 시간은 언제나 공평하다. 맨날 만나는 사람들이 귀하다고 여겨지지 않고, 맨날 먹을 수 있는 밥이 귀하다고 여겨지지 않듯이 매일 매일 노력하지 않아도 주어지는 시간을 딱히 귀하다고 여기기 힘들다.

이러한 나태한 마음으로 삶을 조금씩 낭비하더라도 우리는 내일 다시금 공평하게 시간을 가진다. 낭비에 대한 죄책감은 쉽게 잊힌다. 뉴스에서 큰 사고가 일어나 누군가가 사망했다는 소식을 접해도 그 사람의 시간이 끝났을 뿐이지, 내 시간에는 아무런 영향을 끼치지 않는다. 매일 주어지는 오늘이 그다지 귀하지 않듯 내일도 당연하게 주어질 것이다.

음대를 다니던 대학 시절, 순전히 호기심으로 수강한 철학 교수님의 수업이 하나 있었는데, 이 수업을 듣는 내내 대학원을 철학과로 진학하고 싶다고 생각할 정도로 좋았다.
'철학(philosophy)'이라는 학문은 그리스어 'philosophia'에서 유래했으며, 뜻은 '사랑하는' 혹은 '좋아하는'이라는 뜻의 접두사이고, 'sophia'

는 말 그대로 '지혜'라는 뜻을 가졌다.
삶과는 전혀 상관없는 것처럼 느껴지거나 막연히 어렵기만 했던 학문인 철학은 내가 예상한 것보다도 삶과 아주 가까이 닿아있었다. 철학 수업 첫 시간 때 교수님의 해주신 첫마디가 아직도 생생하다.

"혼자서 보내는 그 시간이 나를 만듭니다."

즉 타인과 함께 하지 않을 때, 오로지 나 혼자 보내는 그 시간이 온전히 나를 만든다는 이야기였다. 살면서 처음으로 내 지난 삶을 검열하는 순간이었다.

방 한구석에서 나 홀로 보낸 수많은 시간들이 딱히 자랑스럽지 않았다. 혼자서 보내는 시간이 나를 만든다면, 지금 현재의 내 모습은 결국 지난날의 내가 만든 것이다. 현재에 대한 모든 불만족이 숙연하게 수그러들었다. 내가 시간을 대하는 태도는 결국 나를 대하는 태도와 별반 다르지 않다는 걸 깨달았다. 내 하루를 별 가치 없이 여기는 태도는 결국 나 스스로를 별 가치 없이 대하는 것과 동일하다. 이때 처음으로 진지하게 시간의 귀중함을 느꼈다.

철학 수업 이후로 최대한 내가 원하는 방향으로 개인 시간을 지키려 노력했고, 그 시간을 막연히 흘려보내지 않기 위해서 계획을 세우는 습관을 들였다. 이는 나를 만들어가는 과정이었기 때문에 도저히 그냥 흘려보낼 수가 없었다. 오늘의 나는 어제의 내가 만들어낸 산물이니까. 그리고 또 하나의 습관이 생겼는데, 내가 내일 당장 죽는다면 그동안의 삶에 대해 과연 얼마나 만족스러워할지 종종 상상하곤 했다. 아마도 삶의 귀중함을 깨닫기 위해서 스스로에게 던지는 질문일지도 모른다.

많은 사람들이 시간을 어떤 태도로 대하고 있는

지 궁금하다. 그리고 매일 주어지는 그 시간이 언젠가는 끝난다는 사실에 대해서도 자각하고 있는지 궁금하다. 젊은 날 내가 취하는 즐거움은 삶의 아주 일부분일 뿐이다. 그래서 젊음이 주는 삶의 이점에 깊게 취하려고 하지 않는다. 젊음을 향유하는 행위가 모두 배제된 시간 속에서 나의 내면을 위해 온전히 어떤 삶을 살 것인가 고민한다. 그러면 비로소 나의 내면이 보인다. 어떤 외모의 변화가 나를 찾아와도 삶을 멋지고 유연하게 살아갈 수 있는 태도를 유지하고 싶다. 이것은 온전히 나의 내면에 달렸고, 그 내면은 젊음을 마음껏 누리며 살아가고 있는 지금 만들어지고 있다. 내 시간도 결국 언젠가는 바닥을 보이며 삶이 끝나는 순간이 올 것이라는 사실을 몇 명이나 진지하게 받아들이며 살아가고 있을까? 지루하게 반복되는 일상 중 일부분일 뿐인 오늘 하루가 빨리 끝나버리길 기다리는 사람들은 또 얼마나 많을까?

우리는 가끔 현재가 어떤 미래를 만들어 낼지 알면서도 모른 척 살아가고 있기도 한다. 지금 마시는 술은 내일 출근하는 내 몫이고, 지금 누리는 게으름의 몫은 내일의 내가 짊어질 것이며, 통장 잔고가 바닥을 보여도 사치스러운 소비생활을 멈추지 못하는 나를 대신해서 한 달 뒤의 내가 책임지겠지 하는 태도 같은 것들 말이다.

'지금 대충 살아도 미래에 어떻게든 되겠지.'

이 세상에는 시간으로 사치를 부리는 사람들이 너무나 많다. 물론 본인의 삶을 어떻게 살아갈 것인가는 스스로의 선택에 달렸지만, 본인의 시간을 어떻게 대하는가는 쉽게 타인에게 비춰진다. 그리고 대부분 시간의 가치를 비슷하게 바라보는 사람들끼리 함께 어울린다.

누구나 한 번쯤은 들어봤을 "삶은 가까이 보면 비

극, 멀리서 보면 희극"이라는 명언은 찰리 채플린의 이야기다. 찰리 채플린이 이런 명언을 할 수 있었던 이유는 삶을 가까이서도 바라보며 멀리서도 바라봤었기 때문이다. 개인적으로 나는 이 문장이 삶은 변하지 않지만 어떠한 각도에서 바라보느냐에 따라서 전혀 다른 관점을 가질 수 있다는 말로 해석된다.

시간은 곧 삶이다. 내가 시간을 대하는 그 태도는 곧 내 삶을 대하는 태도가 되고, 결국 나 자신이 된다. 그 시간을 대하는 우리의 태도는 언제든지 바뀔 수 있다.

귀찮아서
아름다워지는 게 힘들어요

한 유튜브 구독자에게서 긴 질문을 받았다.
“자기관리를 열심히 하고 싶지만, 그 모든 과정이 너무 귀찮고, 귀찮음을 느끼는 스스로가 너무 한심해요. 지속되는 자괴감에 의욕마저 바닥났습니다. 엄두가 안 나요. 이러한 딜레마에서 어떻게 빠져나올 수 있을까요?”

모든 것에 있어 결과에만 집착하면 과정은 순식간에 엄청난 고통으로 변해버린다. 한순간 승부가 나는 마라톤과 같은 스포츠를 제외하고 매일매일이 과정에 속하는 '삶'에서 말이다. 제한 시간 안에 목적지에 도착해야 하는 사람은 주변 경치를 즐길 여유가 없다. 내가 정해놓은 제한 시간과 내가 설정해둔 목표치는 '과정'을 삭제시켜버린다. 대부분 가장 크게 마음속에 자리 잡는 건 '실패' 혹은 '성공'과 같은 결괏값뿐이다. 실패는 나를 점점 굳어버리게 만든다.

아름다움을 위해 노력하는 사람의 공통점은 목표치를 설정해둔다는 것이다. 오늘의 칼로리, 오늘의 운동량, 내가 도달해야 하는 체중, 내가 입어야 하는 사이즈 등 목표를 설정한 뒤, 그 목표에 도달만 하면 아름다워질 것이란 상상에 사로잡힌다. 하지만 그 과정에서 발생하는 자잘한 실수는 반복적으로 등장하기 마련이다. 그리고 아주 쉽게 그날 하루에 '실패'라는 제목을 달아버린다. 결국 우리는 아름다워지는 과정 속에서 점점 지치고 귀찮아진다. 아름다움을 달성하기 위한 소위 '자기관리'

가 넘기 힘든 산으로 느껴지는 것이다. 수천 번은 실패한 목표에 다시 도전할 엄두가 나는 사람이 과연 몇이나 될까? 왜 다이어트는 시간이 지날수록 더 어렵고 더 힘들어지는 것일까?

뻔한 말이겠지만, 사실 우리는 매 순간 아름다워질 수 있는 존재이다. 내가 설정해둔 아름다움의 목표치를 삭제하는 순간, 가치의 변화는 마법같이 순식간에 눈 앞에 펼쳐진다. 내가 생각하는 아름다움은 어떠한 목표에 닿았을 때 느끼는 게 아니라, 어제보다 오늘의 내가 더 아름답다고 느껴지는 순간, 그걸로 이미 충분하다.

가끔 유명한 연예인을 따라서 수차례 성형했다는 국내외 기사들을 읽는다. 그들의 유일한 행복은 내가 정해둔 연예인의 외모와 점점 닮아가는 것이다. 하지만 사람 욕심이라는 것이 적당한 선에서 그치지 않는다. 그 연예인과 닮아갈수록 나는 세상에서 조금씩 지워진다.

예전에 이런 글을 읽은 적이 있다. 한 가정주부가 도통 열리지 않는 잼 뚜껑을 열기 위해 고군분투하다 결국 남편에게 부탁하였는데, 남편 역시 뚜껑을 쉽사리 열지 못했다. 포크를 이용해서 공기를 주입해 뚜껑을 따보자는 의견에 남편은 꾸역꾸역 손으로 열어 보겠노라며 진땀을 뺐다. 문득 그 광경을 지켜보던 가정주부는 불현듯 깨달았다.

'잼을 먹는 게 목표였는데, 어느새 뚜껑을 여는 행위에 집착하고 있잖아?'

그들이 성형수술을 멈추지 못하는 이유 또한 이와 같은 맥락이 아닐까 깊게 고민했다. 아름다워지기 위해서 시작한 수술이 결국 얼마큼 그와 똑같아지느냐에 집착하게 된 것이다. 결국 집착은 슬픔으로 이어진다. 거식증, 폭식증과 같은 다양한 식이장애도 결국 아름다워지기 위한 극단적인 노력이 마음에 깊은 상처를 남기고 만다.

우리는 TV 혹은 SNS 등 다양한 매체를 통해서 아름다운 외모를 가진 유명인들을 쉽게 접한다. 그들의 가장 아름다운 모습과 나의 가장 추한 모습을 끊임없이 비교하며 나는 점점 아름답지 못한 존재로 타락해버리기 쉽다. 가장 완벽하고 화려한 메이크업을 받은 그들의 외모와 잠옷 차림으로 막 거울에 비친 나의 모습은 너무 다르다.

20대 초반의 나도 아름다워지고 싶은 욕망으로 가득했다. 하지만 어떻게 해야 아름다워질 수 있는지 요령이 없었다. '아름다움이 뭘까?'에 대해서 진지하게 고민해보기도 전에 인터넷에는 '미용 몸무게'가 한창 유행이었다. 세상이 알려주었다. '이게 아름다움의 기준이야.' 그래서 나의 미용 몸무게를 달성하는 것에 초점을 맞췄다. 그러고 몇 달이 지나, 내 키에 비해 터무니없이 적은 몸무게를 만들었는데 전혀 기쁘지 않았다. 그 몸무게를 달성했다고 삶이 드라마틱하게 바뀐 것도 아니거니와 음식의 양을 줄이는 것에 집착하는 강박증만 생겨났다. 그리고 그 당시 급격하게 떨어진 체력으로 인해서 굉장히 피로한 상태였다. 나는 그때 아름다움의 충만함은 전혀 느끼지 못했고 정신적으로 궁핍하고, 피곤했다. 그리고 깨달았다. 목표에만 집중하는 아름다움은 그 어떠한 행복감도 선사하지 않는다는 것을 말이다.

지금 와서 다시 생각해보면, 그때 아름다움에 대해서 진지하게 고민하고, 세상이 정해놓은 어떠한 목표가 아니라 어떠한 과정 속에서 아름다움을 느끼는 걸 배웠다면 정말 많은 것이 바뀌었을 것이다. 하지만 슬프게도 이러한 과정은 쉽지 않다. 오늘 하루도 부지런히 운동한 스스로가 참으로 대견스럽고 아름답다고 느껴지더라도, 집에 돌아가는 길가에 놓인 전광판에 보이는 연예인의 가녀린 몸매를 마주하는 순간, 스스로가 못나 보이는 동시에 오늘 하루의 노력이 가치 없음으로 전락해버린다.

그 당시 건강한 습관 하나를 삶에 새겼다는 사실에 행복감을 느끼고, 내 몸에 스트레스를 주는 과한 집착보다 내 몸의 상태를 살펴 가며 서서히 건강하고 아름다워지는 것이 소중하다는 걸 누군가 알려주었더라면, 한 번뿐인 소중한 시간을 조금은 더 행복하게 보낼 수 있지 않았을까. 그러나 그 시절 나는 나의 외모를 충분히 사랑하지 못했다.

"열심히 노력하는 사람이 즐기는 사람을 이길 수 없다."라는 말은 내가 즐거움을 느끼지 못한다면 포기하라는 이야기가 아니다. 그 어떤 힘든 과정 속에서도 즐거움을 찾을 수 있다는 것이다. 과정에서 즐거움을 느끼는 건 끝이 없이 지속되는 '삶'

을 사는 우리 모두에게 아주 중요한 메시지이다. 우린 모두 과정 속에 살고 있다.

성적에는 1등이 존재하지만, 아름다움에는 분명한 1등이 없다. 내가 그날 하루 스스로가 아름다웠다고 느낀다면 충분하다. 아름다움에 기준을 세워버리는 순간, 현재의 내 모습과 끊임없이 비교하게 되고 결국 스스로를 비난하는 마음은 생각보다 굉장히 고통스럽다. 우리는 아름다움에 정답을 내리지 않고 하루하루 노력하는 과정 속에서 아름다움을 느껴야 한다. 그래야 귀찮지 않고, 어렵지 않다. 내가 아름다워짐을 느끼는 유일한 비교 대상은 바로 어제의 나뿐이어야 한다. 어제의 나보다 노력했다면, 어제의 나보다 나아졌다면, 더할 나위 없이 충분하다.

결국 '자기관리'는 남에게 보여주기 위해서가 아니라, 내가 나를 스스로 사랑하는 과정 중 하나라는 사실을 알아야 한다. 이러한 작은 생각의 차이가 운동하는 시간, 건강한 음식을 먹는 시간을 견뎌내야 하는 고통스러움이 아니라, 진짜 즐길 수 있는 행복감으로 변화시켜준다. 왜냐하면 그러한 사소한 노력을 행하고 있는 그 순간에도 이미 아름다워지고 있기 때문이다. 우리는 아름다움을 향하는 모든 과정을 고통과 인내의 시간이 아니라, 결국 스스로를 사랑하는 과정으로 느낄 수 있다. 그렇게 된다면, 귀찮다는 부정적인 감정은 신경도 쓰이지 않을 만큼 삶이 행복해질 것이다.

이별을 결심하는 이유

이별은 어려운 선택지다. 감정적인 결정과 이성적인 결정이 동시에 이루어져야 하기 때문에 어느 한 부분에서 갈등을 한다면 끊임없이 고민하게 된다. 특히나 성인이 되면서는 어린 시절과 비교했을 때 더욱더 보수적으로 관계를 유지하게 된다. 그럼에도 불구하고 친구 관계든 연인 관계든 더 이상 이어가고 싶지 않게 만드는 사람들이 존재한다.

가장 첫 번째 유형으로는 관계 자체를 당연하게 받아들이는 사람들이다. 대부분 시간이 지날수록 익숙함이 커지면 무뎌짐도 함께 커지기 마련이다. 예를 들어 마음에 드는 이성을 유혹할 때 상대방이 가진 나에 대한 호감을 최대치로 끌어올릴 때는 모든 배려와 선의가 이기심을 앞선다. 아주 사소하지만, 수저를 먼저 놓아준다거나 물을 먼저 따라준다거나 상대방의 취향을 존중해준다거나 적당한 대화의 균형을 유지하는 등 그 관계를 유지한다면 최고의 즐거움과 안정감 그리고 안락함을 선사해 줄 것임을 다양한 방식으로 표현한다. 여기서 문제는 익숙함에서 비롯된다. 상대방의 노력과 배려가 모두 당연한 것이 되어버리는 순간, 관계는 쉽게 끝나버린다. 이러한 태도는 대부분 날 먼저 좋아하기 시작한 그 사람이 '을'이라는 생각에서 시작된다. 날 위한 모든 노력에 대한 고마움을 가지는 것이 아니라, 이 관계를 유지하기 위한 당연한 요소로 인식해버리는 순간, 그 관계는 건강하지 못한 방향으로 흘러간다.

우리는 가끔 누군가가 날 사랑하기 때문에 베푸는 호의나 배려를 당연하게 여길 때가 있다. 그리고 생각보다 이러한 안일함으로 관계가 끝나는 경우가 많다. 이런 안일한 생각은 연인 관계뿐만 아니라 부모와 자식 간에도 생길 수 있으며, 친구 관계에서 또한 생길 수 있다. 우리는 그 어떠한 관계에서도 고마움을 느낄 수 있어야 한다. 모든 관계에서 당연한 것은 존재하지 않는다.

두 번째 유형 역시 이기심으로 비롯되는 행동 중 하나인데 상대에게 역할을 부여하는 것이다. 상대방을 있는 그대로 존중하고 사랑하기보다는 그 사람이 내 입맛에 맞게 행동하길 바라는 것이다. 대부분의 사람은 공공의 이익을 위해서 상대방에게 무언가를 요구하지 않는다. 대부분 나에게 유리한 상황으로 역할을 부여한다. 특히 연인 관계를 이어갈 때 많이 생기는 문제 중 하나인데, 제3자와 상대방을 비교하거나 내 머릿속에 이상적인 연인의 모습을 그려놓고 상대방이 그 역할에 충실하길 바라며 자신의 이기심을 채우는 사람들이 있다. 여기서 실수하는 부분은 로망과 이기심은 한 끗 차이라는 점이다.

지인의 일화 중 하나인데, 평일 늦은 밤 술에 취한 여자가 최근 새로 사귄 남자 친구에게 전화를 걸었다.

"나 너무 취했는데 데리러 와줘."

내일을 위해 출근 준비를 끝내고 막 잠자리에 들었던 남자는 다시 렌즈를 끼고 옷을 갈아입고 차를 끌고 늦은 밤 나갔다가 다시 귀가한 후에 렌즈를 빼고 옷을 갈아입고 잠자리에 들 엄두가 나지 않았다. 결국 그날 밤 남자는 여자의 요구를 거절했고, 다음 날 하루 종일 고민한 끝에 그 여자가 굉장히 마음에 들었음에도 불구하고 이별을 통보

하였다. 그 여자의 행동을 무조건적으로 비난했다기보다는 앞으로 그러한 요구를 들어줄 마음이 없었다는 이유가 전부였다. 여자에게는 그런 부탁 하나로 쉽게 이별을 고한 소심한 남자로 기억에 남을 테지만, 남자가 다양한 연애 경험을 통해 배운 교훈 하나는 역할 놀이에 가까운 연애는 오래 지속되지 못한다는 것이었다. 그리고 사랑을 표현하는 방식은 사람마다 다르다는 것이며, 유일한 공통점은 상대방을 있는 그대로 인정한다는 것이다.

예전에 재밌게 본 드라마가 있다. 〈쌈, 마이웨이〉라는 드라마인데, 이 드라마를 본 이유는 딱 하나였다. 우연히 유튜브에서 보게 된 송하윤(이하 설희)이 연기한 한 장면이 인상 깊었기 때문이다. 상대 남자 친구였던 안재홍(이하 주만)과 설희는 6년째 연애 중인 지고지순한 커플로 등장하는데, 결혼을 꿈꾸며 서로의 가족과 자연스럽게 왕래할 정도로 가까운 사이다. 그러던 어느 날 식당에서 마주

앉아 데이트하는 도중에 설희는 핸드폰만 보며 밥을 먹는 주만에게 섭섭함을 토로한다. 그러한 설희의 투정에 주만은 6년이면 편하고 무뎌지는 건 당연하다며 살짝 짜증 섞인 대답을 던진다. 이러한 사소한 대화가 쌓여 결국 설희는 주만에게 다음과 같은 말을 하게 되고, 결국 둘은 멀어진 사이를 좁히지 못한 채로 이별을 맞이한다.

"난 요즘 너랑 같이 있는 게 더 외로워."

오랜 연애 기간을 경험한 사람이라면, 이 상황을 조금이나마 공감할 수 있을 것이다. 특히나 6년이라는 시간은 편안함과 무뎌짐을 핑계로 상대에게 소홀할 수 있는 무기가 되기도 한다. 예전에 연인이 있음에도 불구하고 다른 이성과 바람을 피우는 사실을 무용담처럼 늘어놓던 사람이 주변에 두 명 있었는데, 두 사람이 바람을 피우는 이유가 비슷한 맥락이었던 점이 놀라웠다. 연인과 더 이상 깊은 대화를 이어가지 못한다는 이유였다. 바람은 틀림없이 잘못된 행동이다. 다만, 대화가 가득했던 시간에 생기는 공백은 관계가 멀어지기 시작했다는 신호일 수 있다.

“결혼할 때 스스로에게
질문하라.
‘내가 늙어서도 이 사람과
대화를 할 수 있을까?’
그 외의 것들은
다 일시적일 뿐이다.”

니체

외로운 마음 위로하기

하늘이 우중충하고 비가 내리는 날에는 누구라도 울적한 마음과 외로움을 평소보다 크게 느낄 수 있다. 반복되는 부정적인 상황들 속에서 자신에게 침잠되는 일 또한 외로움을 동반한다. 또한 지난날의 과오를 반성하며 스스로를 되돌아보는 자아 성찰의 시간 또한 쓸쓸하고 외롭다. 그렇게 끝날 것 같지 않은 외로움 속에 깊이 빠져들게 되는 순간, 내 삶이 길을 잃어버린 것 같은 기분을 느낀다. 그러나 이러한 기분은 누구나 살면서 한 번쯤은 겪게 되는 감정이고, 대부분은 그러한 상황에서 빠르게 벗어나기 위해 자신을 속인다. 일부러 사람이 많은 곳에 가서 시끄러운 소음 속에 본인의 외로움을 외면해버린다든가, 내 감정의 형태와는 전혀 상반되는 음악을 들으며 사실을 외면한다. 혹은 조용히 본인의 방으로 들어가 자신의 감정을 자책하고 비난한다. 남들보다 외로움 혹은 슬픔과 같은 감정을 지나치게 느끼는 것은 일상생활에 전혀 도움이 되지 않으며, 스스로를 소외되게 만들 뿐이라는 생각에 더욱더 자신의 감정을 외면하거나 비난한다. 이렇게 우리는 감정의 본질을 직시하려고 하지 않으며, 대체로 그 감정이 부정적이면 부정적일수록 더 이해하려고 하지 않는다. 그러나 그럴수록 우리는 자신의 감정을 똑바로 마주 보아야 하며, 그것만이 감정을 해소할 수 있는 유일한 방법이다.

실제로 영국의 드 몽포르 대학교(De Montfort University) 연구진은 450명을 대상으로 간단한 실험을 진행했다. 슬픔과도 같은 비극적인 감정을 느끼는 사람들에게 다양한 음악을 들려준 뒤 변화를 관찰하는 것이었는데, 이 연구의 목적은 어떤 장르의 음악을 들었을 때 기분이 빨리 해소됨을 느끼는지에 관한 연구였다. 그리고 대부분의 사람이 본인과 비슷한 감정을 지닌 음악을 들었을 때 빠르게 기분이 해소되는 걸 느꼈다. 슬픈 멜로디 혹은 내 상황을 비슷하게 표현하는 가사는 현재 자신의 상황을 빠르게 인지하게 도와주고, 그로 인하여 홀가분한 기분을 얻는다는 것이다. 한마디로 이별 후 미친 듯이 몰려오는 외로움과 슬픔을 이겨내기 위하여 친구들을 불러 시끄럽게 술자리를 가진다고 해서 절대로 그 감정은 해소되지 않기 때문에 언제 어떻게 나에게 들이닥칠지 모른다. 내가 느끼는 슬픔, 공허함 혹은 외로움의 감정을 이겨내기 위해서 항상 다양한 인파 속에 섞이는 방법을 선택한다고 해도 혼자 남겨지는 순간, 기다렸다는 듯이 그 감정이 나를 덮칠 뿐이라는 것이다.

이런 식으로 스스로의 부정적인 감정을 어떤 방식으로든 외면하려 할수록 그 감정은 더 큰 폭발력을 가진다. 매일 저녁 친구들과 즐거운 시간을 보내고 집에 들어가는 순간 공허함이 밀려온다고 하는 사람들이 있는데, 이들의 문제점은 자신의 감정을 전혀 직시하지 않았다는 점에 있다.

어릴 때 부모님께서 종종 동생과 나를 놀이공원에 데려가 주셨다. 놀이공원은 해가 지면 구석구석 아름다운 불빛을 환하게 밝히며 더욱더 황홀한 장소로 바뀌었다. 추운 날씨에도 수많은 사람들의 행복한 웃음소리와 아름다운 불빛은 그 자체로 따뜻한 감정을 느끼게 해주었다. 저녁 무렵에는 늘 집에 돌아갈 채비를 했는데, 그 어린 나이에 놀이공원을 떠나야 한다는 사실이 너무나 슬펐었다. 분명히 또다시 올 수 있다는 걸 알고 있었지만, 놀이공원을 떠나야 하는 순간이 올 때마다 슬펐다. 어떤 사람은 그날 하루 느꼈던 행복감에 집중했다면, 나는 떠나야 한다는 슬픔에 본능적으로 집중했던 것이다.

이렇게 우리는 같은 환경에서도 서로 다른 감정을 느낀다. 어떤 사람은 행복감을 느낄 수 있는 상황에서 어떤 사람은 슬픔을 먼저 느낀다. 나는 슬픔에 집중하는 사람 중 하나였고, 이러한 성격은 항상 어떠한 인간관계를 맺더라도, 어떠한 장소에 가더라도 미련이라는 감정을 꼬리처럼 달고 다니게 만들었다. 그리고 남들과는 사뭇 다른 감정을 느낀다는 사실 자체가 스스로를 고립되었다고 생각하게끔 했다. 그러나 대학 시절 음대에 진학해 아무도 없는 연습실에서 피아노 앞에 앉아 나의 감정에 집중하는 시간을 가지면서 생각이 많이 달라졌다. 특히 쇼팽을 굉장히 좋아했었는데, 화려한 선율과 테크닉을 가진 작곡가들 사이에서 쇼팽의 멜로디는 단순하지만 서정적이면서도 굉장히 섬세했다. 그리고 그의 멜로디는 연주하면 연주할수록 설명할 수 없는 슬픔과 우울함이 항상 서려 있었다. 그의 음악을 연주할 때마다 나는 그의 슬픔을 마주봐야 했으며 그렇게 점점 그의 우울한 멜로디와 사랑에 빠졌다. 그 당시 한 교수님께서는 연주를 앞두고 작곡가가 이 선율을 만들 때 어떤 감정을 가졌을지 일주일 동안 상상해 오라는 숙제를 내주셨다. 교수님 덕분에 감정을 아주 오랜 시간 직시하는 훈련을 거친 셈이다.

나는 어린 시절 놀이공원에서 떠날 때마다 느껴졌던 슬픔의 원인을 이해하지 못했고 이해하려고 하지 않았었다. 나의 슬픔의 원인을 찾으려고 해봤자 스스로가 연약하게 느껴질 뿐이기 때문이었고 그 필요성을 전혀 느끼지 못했었다. 그러나 이제는 그러한 슬픔은 내 성격의 일부분이고 내가 그러한 깊은 감수성을 가진 사람이라는 생각에 더 이상 슬픔을 외면하지 않는다.

누군가는 선천적으로 행복이라는 감정에 크게 영향을 받는다면, 나 같은 사람은 행복보다는 슬픔이나 외로움 혹은 미련에 더 큰 영향을 받는다. 각자의 성격이 모두 다른 만큼 우리는 서로 다른 감수성을 지녔다. 그러나 대부분은 사회에서 요구하는 보편적인 이미지에 스스로를 끼워 맞추며 살아가게 되는데, 그러다 보면 어느새 자신의 본질을 부정하게 되는 부작용이 생긴다는 것이다. 그리고 진짜 나의 자아를 마주 보는 일은 점점 두려운 일이 되어버린다. 감정 또한 마찬가지다. 자신의 솔직한 감정을 억압하면 억압할수록 문제가 생겨난다. 예를 들어서 놀이공원을 떠날 때 한없이 슬퍼하던 나의 모습을 본 부모님께서 "다음에 또 올 건데, 왜 유난이야?"라는 말을 했다면, 나는 절대로 내 감정을 드러내지 않은 채 스스로를 억압하며 성장기를 보냈을 것이다. 이러한 작은 트라우마들이 쌓여 결국 점점 더 자신의 감정을 억압하고 왜곡하는 형태로 이어질 것이다. 그렇게 되면 있는 그대로의 내 감정을 솔직하게 표현하는 것 자체가 불가능해지고, 결국 스스로가 누군지조차 점점 잊어간다.

내가 느끼는 감정은 누군가가 나서서 이해해 주지 않을뿐더러, 내가 솔직하게 표현한다고 해도 온전히 이해해 줄 수 있는 사람은 이 세상에 존재하지 않는다. 이는 부모도 마찬가지고 사랑하는 연인도 마찬가지다. 내가 가진 감정을 온전히 이해할 수 있는 사람은 이 세상에 나밖에 없다. 그 유일한 존재인 내가 내 감정을 외면하면 외면할수록 감정의 외로움은 더욱 깊어진다. 그렇게 악순환으로 이어지는 끊임없는 외로움의 굴레 속에서 영원히 벗어나지 못한 채 스스로를 왜곡하는 것이다. 우리가 감정을 해소할 수 있는 유일한 방법은 나를 똑바로 직시하는 것이다. 그리고 나를 마주하는 일은 생각보다 내가 겪고 있는 다양한 문제들은 해결해 준다. 대부분의 사람이 자신의 감정을 외면한 채 외부에서 해결점을 찾으려고 하는 경향을 볼 수 있다. 이러한 모순에서 벗어나 자신의 감정을 똑바로 직시하는 시간을 갖는 것이야말로 나를 위로할 수 있는 가장 훌륭하고도 유일한 방법이다.

삶이 불만족스러운 사람에게

어린 시절, 어른이 되면 막연하게 훨씬 더 삶이 행복해질 것이라 생각했다. 먹고 싶은 음식을 먹고, 가지고 싶은 물건을 구매하고, 가고 싶은 곳으로 자유로이 떠날 수 있다면, 그것만으로도 내 삶은 충분히 행복해질 것이라 생각했다. 그러나 어린 시절 나의 예상과는 달리 막상 어른이 되었을 때는 그다지 자유롭지 못했고, 기대한 것만큼의 행복도 누릴 수도 없었다. 오히려 책임져야 하는 것들이 하나둘 늘어날수록 삶이 고달프게 느껴지는 순간들이 많았다. 아무런 표정이 없지만, 삶이 고달픈

만큼 그늘진 얼굴로 스쳐 지나가는 어른들을 보며 '저런 시시한 어른은 되지 말아야지.'라고 다짐하던 어린 시절은 금세 잊혔다. 사회생활을 시작하고 나서부터는 재작년과 작년이 다를 게 없었고, 작년과 올해 또한 다르지 않았다. 매년 그렇게 다람쥐 쳇바퀴 구르듯 삶의 무게를 버티고만 있는 게 전부라는 생각이 들기 시작했다. 나는 무언가가 크게 잘못되었다고 느끼기 시작했다.

"도대체 내 삶은 어디로 흘러가고 있는 거지?"

최근 다시 《어린왕자》를 읽었다. 어린 시절에는 아무런 공감을 할 수가 없었기 때문에, 왜 이 작품이 유명한지 전혀 알지 못했다. 그러나 어른이 되고 나서 다시 읽은 《어린왕자》는 너무나 슬프면서도 아름다웠다.

"Growung up is not the problem, forgettung

is!(성장하는 건 문제가 아니야. 잊어버리는 게 문제야!)"라는 문장이 유독 마음에 꽂혔다. 어린 시절 꿈꾸던 행복의 가치를 완전히 잊고 살고 있었기 때문이다. 언제부턴가 나의 삶 속에서 행복해지는 것을 중요하게 생각하기보다 물질적인 것들을 중요하게 생각했고, 내가 희생하고 노력해야 하는 것들에 불만을 가지며 삶을 부정적으로 바라보는 것들이 훨씬 더 많았다. 내 삶의 긍정적인 부분들을 바라보는 시간보다 부정적인 부분들을 바라보는 시간이 비교도 안 될 만큼 컸다. 그 당시 나는 삶을 대하는 이러한 나의 태도가 잘못되었다고 느꼈고, 꽤 심각한 문제라고 생각했다. 이런 태도로 삶을 살다 보면, 결국에는 정말로 되돌릴 수 없을 것 같았다. 어린 시절로부터 멀어지면 멀어질수록 기억은 희미해지기 마련이니까. 이대로는 안 될 것 같다고 생각하고부터는 조금씩 가치관이 바뀌기 시작했다. 내 삶의 곳곳에 행복함이 피어오르는 순간을 채워나가야겠다고 다짐했다. 물론 처음에는 어떻게 채워나가야 하는지 방법을 알지 못했다. 도대체 내 삶을 행복하게 채워갈 수 있는 것들에는 무엇이 있을까?

캐나다의 매니토바 대학교(University of Manitoba) 연구팀이 "취미가 인간에게 어떠한 영향을 끼치는가"에 대한 주제로 재미있는 연구를 진행했다. 결과는 아주 심플했다. 하나의 취미 활동을 하는 사람보다 두 개의 취미 활동을 하는 사람이, 훨씬 더 삶의 만족도가 높다는 것이다. 이 이야기는 반대로 취미 활동을 하지 않는 사람은 삶에 대한 만족도가 현저히 떨어진다는 것과 동일하다. 게다가 하나의 취미 활동을 위해서 2시간을 사용하는 사람보다 두 개의 취미 활동을 위해서 2시간을 사용하는 사람의 만족감이 월등히 높았다. 나는 그 당시에 별다른 취미가 없었을뿐더러 유일한 취미였던 피아노 연주마저 그만둔 상태였다. 행복과는 상관없이 그 시간에 차라리 누워서 TV를 보는 게 편했었다.

그래서 나는 삶에 행복을 채우고자 어린 시절 좋아하던 것들을 다시 시작했다. 주말이 되면 책을 읽었고, 시간이 날 때마다 피아노를 치기 위해 악보를 챙겨 나갔다. 귀찮았지만 지푸라기라도 잡는 심정이었다. 그렇게 다시 어린 시절 즐겨 하던 취미 활동을 하며 느낀 건, 삶에 대한 열정이었다. 내가 좋아했던 취미를 다시 시작하며 내 삶의 순간순간 조금씩 열정이 차오르기 시작했다. 그리고 새로운 취미에도 도전했다. 프랑스 자수, 뜨개질, 그림, 운동 등을 시작하며 조금씩 삶을 대하는 태도가 변하기 시작했다. 퇴근하고 바로 헬스장에 달려가 밤늦게까지 운동을 하고 집으로 걸어가는 밤공기는 너무나 상쾌했다. 아름답게 수놓은 자수들이 사진첩에 하나둘 채워지며 내가 만들어내는 아름다움이 좋았다. 그렇게 다양한 취미 활동을 삶에 채워나가기 시작했고, 그로 인해 삶을 대하는 마음이 정말 많이 바뀌었다. 물론 그러한 과정 속에서 나 자신을 변화시키기 위해 시간과 에너지를 투자하고 끊임없이 게으른 과거와 싸워야 했다.

지금의 나는 행복감과 열정을 느끼기 위해 혼자서 할 수 있는 취미가 많다. 과도한 업무로 삶에 불만감이 쌓이면 내가 행복감을 쌓을 수 있는 시간들이 너무나 간절해진다. 그렇게 나는 내 삶에 행복감을 채워 넣는 방법을 아는 어른이 되어가고 있다. 그러한 마음의 에너지는 우리가 상상하는 것 이상으로 전반적인 삶에 엄청난 영향을 끼친다. 그렇게 삶을 원하는 방향으로 만들어가는 과정 속에서 종종 다시 생각하곤 한다. '나는 어린 시절 내가 원하던 어른이 되었는가.'

삶에 불만을 가질 수 있는 방법은 다양하다. 원하지 않는 직업, 의도하지 않은 자잘한 사건과 사고들. 불만족스러운 환경 그리고 내 욕심을 온전히 채우지 못했다는 자괴감 등 우리는 끊임없이 나를 불행하게 만드는 것들과 싸운다. 그러나 그러한 어려움과 싸울 수 있도록 힘을 주는 것은 행복이다. 삶 속에서 의식하는 행복이 많아지면 많아질수록 불행은 귀신같이 그 종적을 감춘다. 삶은 가까이서 보면 복잡한 듯 보이지만, 조금만 멀리서 바라보면 실제로는 단순하다. 어떠한 각도에서 어떠한 마음으로 바라보느냐에 따라서 삶은 불행의 연속이 될 수도, 행복이 가득할 수도 있다. 물이 반 컵 채워진 물컵을 본 사람들은 각기 다른 생각을 한다. 그렇게 사소하게 피어나는 생각은 자신의 삶을 바라보는 시선과 별반 다를 게 없다.

"모든 어른들은
한때 아이였어…
그들 중 몇 명만이
그걸 기억할 뿐이야."

《어린왕자》 중에서

자존감을 채우는 방법을 잊어갈 때

예전 직장에 비서직으로 계셨던 한 여성분이 있었는데, 남들보다 심할 정도로 외모에 집착했다. 특이했던 건 본인의 외모에 얼마큼 투자하는지에 대해서 남들이 알아주면 알아줄수록 더욱 기뻐하였다. 누군가가 자신의 커리어를 자랑스럽게 이야기하듯, 그녀에게는 본인의 외모에 투자한 것들이 커리어와 같이 자랑거리였던 것이다. 그런 그녀의 모습을 보며 개인적으로 스스로의 모습에 만족감을 얻기 위해서라기보다는 본인의 외모를 보고 칭찬해주는 타인의 모습을 통해서 만족감을 얻는 것처럼 느껴졌다. 끊임없이 사람들에게 본인이 얼마나 외모에 투자를 많이 하는지에 대해 이야기했기 때문이다. 그리고 사람들의 반응이 크면 클수록 그녀는 만족스러운 표정을 지었다. 어느 날 회식 자리에서 그녀는 이러한 이야기를 꺼냈다.

"이제 더 이상 외모를 가꾸기보다는 내면을 채울 거예요."

그러고 몇 주 후에 그녀는 나에게 가슴을 수술했다며 웃으며 이야기했다. 그 이야기를 듣는 순간 내면을 채우겠다고 다짐하던 그녀의 얼굴이 떠오르며 의문이 들었다. 내면을 채우는 방법을 배우지 못했거나 혹은 보여지는 모습을 바꾸는 게 타인의 관심을 끌어올 수 있는 가장 쉽고 빠른 방법이라는 판단 때문이었을까. 그러한 그녀의 모습을 보며 왠지 모를 쓸쓸함이 느껴졌는데, 나에게는 그녀가 사랑받기 위해 끊임없이 방황하는 것처럼 보였기 때문이다.

대부분의 사람이 나이가 들어가면서 에너지를 쓰는 방식이 고착화되어 간다. 그리고 스스로 깨우치기 전까지는 계속해서 그러한 방향으로만 에너지를 사용한다. 예를 들어서 타인의 관심을 받고 싶다는 욕망을 채우기 위해 타인의 시선에만 집중하며 본인의 에너지를 소모하는 사람은, 계속해서 자신의 정체성을 타인의 기준에 맞추려고 노력한다. 그들이 타인에게 관심을 받는 방법은 그들의 기준에 내가 충족되는 것이기 때문이다. 그렇게 본인의 에너지를 내면으로 집중시키지 못한 채 계속해서 외부로 표출한다. 이러한 악순환의 반복은 나이가 들수록 개선점을 찾기 힘들어진다. 내가 원하고 노력하는 만큼 타인의 애정이 채워지지 않으면, 그 이유로 방향이 잘못된 게 아니라 노력이 충분하지 않았을 것이라고 판단하며, 잘못된 방식으로 본인의 에너지를 더 많이 사용한다. 타인의 기준에 나를 맞추기 위해 모든 에너지를 집중시키며, 자신의 내면을 채울 수 있는 에너지를 소모해버린다. 과연 이를 진정 나를 사랑하는 것이라 할 수 있을까?

대부분 스스로를 충분히 사랑하고 아껴주고 있다고 이야기하지만, 실질적으로 자신을 제대로 돌보는 사람들은 생각보다 많지 않다. 당장 오늘 하루 동안 나 자신을 돌보는 시간이 얼마나 있었는지 생각해보자. 다른 사람들에게 잘 보이기 위해서 신경 쓰는 시간이 아니라, 모든 에너지를 자신에게 집중시키며 내면이 충만해진 순간들 말이다. 거울을 보며 자신의 외모를 멋지게 가꾸는 시간도 나의 내면으로 에너지를 채우는 소중한 시간이지만, 이는 분명히 한계가 있다. 우리는 생각보다 더 많은 에너지를 내면으로 채워 넣어야 한다. 그리고 그만큼의 에너지를 확보하기 위해서 시간과 에너지를 쓸모없이 낭비하고 있는 부분을 정확하게 인지하고 줄여나가야 한다. 많은 사람들이 스스로에게 절대적으로 필요한 휴식을 제외하고, 습관적으로 TV를 보거나 쇼츠를 보고, SNS를 보며 시간을 죽이고 끊임없이 타인에게 시선을 떼지 못한 채 에너지를 낭비한다. 특히 미디어가 발전하면 발전할수록 우리는 타인의 삶을 더 쉽게 엿볼 수 있게 되었고, 그만큼 쓸모없이 소비하는 시간과 에너지만 늘어났을 뿐이다. 그렇게 자연스럽게 스스로를 바라보는 시간과 에너지를 소모시키고 만다. 그리고 이러한 나쁜 습관들로 인해 얼마 남지 않은 시간과 에너지마저 내면으로 집중시키지 못하는 것이다.

내면으로 에너지를 집중시키는 방식은 다양하다. 매일 운동을 통해 자신의 호흡과 신체의 움직임에 집중함으로써 내 몸을 이해하며 사고를 확장시킬 수도 있다. 또 독서를 하며 나의 모든 에너지를 생각과 마음에 집중시키는 훈련을 할 수도 있다. 독서는 단순하게 어떠한 이야기나 정보를 전달받는 것 이상으로 글자를 읽어내는 시간 속에서 내 생각과 마음을 함께 만들어갈 수 있다. 혹은 공통의 관심사를 가진 사람들과 대화를 나누며 간접적으로 경험을 공유하는 시간 또한 끊임없이 스스로에 대해서 되짚어가는 시간이 될 수 있다. 그 결과 커리어를 발전시킬 수 있는 행동으로 에너지가 옮겨가는 것이다. 외적인 아름다움을 만들기 위해 외모를 가꾸는 것 또한 내면을 채우는 길로 이어질 수 있다. 화장을 아름답게 하는 것이 단순하게 타인에게 인정받는 것을 넘어 자신감을 실어줘 삶을 더 나은 방향으로 만들어갈 수 있는 원동력이 된다면, 이는 올바른 에너지의 쓰임이다. 그러나 단순하게 타인에게 아름답다는 평가를 듣는 것이 궁극적인 목표가 되어버리면, 그 에너지는 결국 그들의 만족감으로만 향하게 된다. 아름다움에도 다양한 성격이 있는데, 타인에게 인정받아야지만 가치가 생기는 아름다움과 스스로가 아름다운 사람이 되어가기 위한 자아 성찰의 가치를 만들어가는 아름다움이 있다. 똑같은 아름다움이라고 하더라도 에너지의 쓰임은 분명히 다르다. 그리고 스스로의 내면으로 에너지를 채워나간 사람은 결국 건강한 자존감의 향상으로 자연스럽게 이어진다. 나를 위하는 만큼 나를 사랑하고 보살피는 마음은 그 어떠한 타인의 평가에도 흔들리지 않는다. 쉽게 훼손되지 않는 아름다움의 가치를 만들어가는 것이다.

우리는 빠르게 발전하는 세상 속에서 나에게 집중할 수 있는 시간과 에너지를 빼앗긴다. 인터넷과 스마트폰에 익숙해진 젊은 세대를 일컫는 '아이젠(iGen) 세대(아이폰과 Generation의 합성어)'라는 신조어를 만든 샌디에이고주립대학교 교수이자 심리학자인 진 트웬지(Jean M. Twenge)는 아이젠 세대야말로 몇십 년 안에 최악의 정신 건강 위기에 빠질 것이라고 이야기했다. 이렇듯 우리는 빠르게 변화하는 세상을 무분별하게 받아들이는 태도 혹은 부정적인 시각으로 방어적인 태도를 취하는 것보다 현실적으로 이러한 빠른 변화 속에서 어떠한 방식으로 건강하게 수용해야 하는지에 대해서 이야기할 필요성이 있다. 우리가 타인의 삶 속에 더 깊이 들어갈 수 있다고 해서 그만큼 에너지와 시간이 늘어난 것은 절대로 아니다. 타인에게 에너지를 쓰는 만큼 자신을 돌볼 에너지는 줄어든다는 것을 명심해야 한다.

"자신을 더 좋아할수록
다른 사람과 닮지 않게 되고
그래서 더 특별해집니다."

윌트 디즈니

마음의 문을 닫지 말아야 하는 이유

초등학교 5학년 무렵, 나는 또래 친구들과는 사뭇 다른 취향을 가지고 있었다. 같은 반 친구들이 동방신기, 샤이니 등의 아이돌 가수를 좋아할 때, 나는 캐나다 싱어송라이터인 에이브릴 라빈(Avril Lavigne)을 좋아했다. 그녀가 새로운 앨범을 내면 테이프가 늘어질 때까지 듣고 또 들으며 의미도 모르는 가사를 함께 따라 부르곤 했다. 그때는 나와 다르면 쉽게 이방인 취급을 하는 어린 나이여서, 친하게 지냈던 여자친구가 다른 아이들에게 나의 취향을 이야기하며 흉본다는 사실을 전해 듣고는 마음에 깊은 상처를 받았었다. 단순하게 나의 잘못으로 생긴 문제가 아니라, 순수한 마음으로 좋아한 대상이 잘못된 듯한 반응을 받자 스스로가 괴짜처럼 느껴졌다. 그때 나는 왜 또래 친구들이 좋아하는 것이 아닌 다른 것들을 좋아하는지에 대해 끊임없이 곱씹었다. 그러한 문제점에 대해서 스스로 고민하는 과정이 없었다면, 아마 나는 극도로 소심해지고 타인에게 상처받을까 두려워 마음의 문을 쉽게 열지 못하는 성격이 되었을지도 모르겠다. 그리고 어른이 되어서도 내가 좋아하는 것들에 대해 당당하게 이야기할 수조차 없는 어른이 되었을 것이다. 지금 생각해보면, 그 당시 내가 내린 결론은 굉장히 당돌했다. 우리나라보다 인구수가 훨씬 더 많은 캐나다, 영국에서 1위를 하는 가수이니, 이상하다고 말하는 그 친구가 촌스럽다고 생각한 것이다.

그렇게 어른이 되고는 그때의 일을 잊고 있었는데,

최근 Y2K 열풍으로 에이브릴 라빈이 급부상한다는 기사를 보고는 불현듯 그 시절이 떠올랐다. 그리고 그 어린 나이에 혹여라도 마음의 문을 닫아 버렸다면, 지금쯤 나는 어떤 사람이 되었을까 하고 상상해보니 아찔했다. 새롭게 발견한 또 한 가지 사실은 에이브릴 라빈이 아니었더라도, 그 친구는 나를 미워할 또 다른 이유를 만들어냈을 사람이라는 것이다. 웃긴 건 나는 그 친구가 뭘 좋아하는지도 모를 정도로 관심이 없었다는 사실이다. 그러나 의외로 그렇게 나에게 중요하지 않은 사람이 준 상처는 상대적으로 너무나 거대했다. 그 일이 있고 고등학생 때까지 쉽게 타인에게 내 취향에 대해서 말하지 못했으니 말이다. 지금 생각하면 아무렇지 않은 일에 불과하지만, 내가 남들과 다른 열등한 존재일 수도 있다는 의구심이 한 번 피어오르면, 그 생각이 무서울 정도로 스스로를 잠식시켜 버린다. 그렇게 자연스럽게 나의 취향을 숨기면 숨길수록 관계에 긍정적인 영향을 끼친다는 생각으로 이어지고, 결국 나에 대해 이야기해야 하는 모든 순간 소극적으로 변해간다.

이러한 생각을 부정하며 나 자신을 인정하기까지 생각보다 오랜 시간이 걸렸다. 지금은 상대방이 좋아하지 않는다고 하더라도 나의 취향을 자연스럽게 너스레 떨며 이야기할 수 있는 어른이 되었다. 물론 상대방의 취향이 전혀 나의 관심사가 아니더라도 그들이 만족할 만한 충분한 호응을 던질 수 있는 여유도 생겼다. 그러나 성인이 되고 난 후에 나를 알게 된 사람들은 내가 이렇게 타인을 폭넓게 수용하고 웃는 얼굴로 이야기를 들어주는 사람이 되기까지 얼마나 끊임없이 많은 생각을 곱씹었는지 알지 못할 것이다. 나는 대학 시절까지만 해도 또래 친구들과 쉽게 어울리는 방법을 터득하지 못했을 정도로 방어적인 기질에서 완전히 벗어나질 못했었다. 서투르고 계속해서 실수를 반복했다. 이런 이야기를 그 누구에게도 꺼낸 적이 없었기 때문에 그럴 때마다 나를 다독일 수 있는 사람도, 다시 용기를 불어넣어 줄 수 있는 존재 또한 나밖에 없었다. 그렇게 나를 끊임없이 다독이며 지금은 그 누구보다 먼저 타인에게 다가갈 줄 아는 사람이 되었다.

마음의 상처에서 벗어나는 일은 너무나 어렵다. 그리고 그 상처로부터 완전하게 자유로워지는 것 또한 시간이 오래 걸릴 수 있다. 아마 내가 경험했던 상처보다 더 큰 상처를 겪었다면, 여전히 자신의 상처와 치열하게 싸우고 있을지도 모르겠다. 그 모든 사람의 상처에 온전하게 공감할 순 없겠지만, 감히 전하고 싶은 이야기 하나는 내가 마음의 문을 닫으면 닫을수록 나를 보호하는 게 아니라, 단지 세상으로부터 멀어질 뿐이라는 것이다. 그렇게 세상에서 멀어지면 멀어질수록 다시 세상으로 속하는 게 어려워진다. 그 어떤 상황에서라도, 어렵사리 마주한 세상이 너무나 차갑고 무섭다고 해도 다시 세상과 멀어지는 방식을 선택하면 안 된다. 그렇게 상처를 극복하고 난 후에 느끼는 건, 그 시간 동안 남들보다 더 빠르게 자신의 마음을 치유할 수 있는 능력이 생긴다는 것이다.

내가 앞서 언급한 에이브릴 라빈의 이야기를 영상에 담아 유튜브에 업로드했을 때, 어떤 반응을 얻었을까. 처음 영상을 업로드했을 때는 "취향이 독특하시네요." "어릴 때 그런 음악을 들으셨어요? 특이하네요."와 같은 댓글만 달리지 않을까 불안하고 초조했는데, 예상외로 나의 취향에 공감해주는 사람들이 많았고, 취향이 다르더라도 그 다름을 인정하며 역으로 자신의 취향을 거리낌 없이 건네는 댓글들이 대다수였다. 그러니 그 어떠한 상황에서도 세상과 맞닿을 수 있는 유일한 길인 마음의 문을 닫지 않아야 한다.

Q. 이 책을 통해 래띠 님을 처음 만나는 분도 있을 텐데, 래띠님의 소개와 간단한 책 소개 부탁드릴게요.

A. 저는 유튜브 채널 〔래띠 LAETI〕를 통해 일상에 관한 다양한 주제로 이야기를 나누고 있습니다. 우리는 머릿속에 떠오르는 수많은 생각들을 타인과 마음껏 나누지 못한 채 홀로 삭히는 경우가 많습니다. 그래서 서로의 생각을 공유하고 다양한 주제로 공감의 대화를 나누는 동시에 함께 성장하길 바라는 마음에서 유튜브 채널을 만들었습니다. 이번 첫 책은 지금껏 유튜브 채널을 통해 이야기 나누었던 구독자분들의 다양한 고민과 생각 중 많은 공감을 받은 주제를 위주로 담았습니다.

Q. 첫 책《혼자 있는 시간이 나를 만든다》를 출간하게 된 소감이 궁금합니다.

A. 글을 쓰는 것은 영상을 제작하는 것과는 또 다른 경험이었습니다. 같은 메시지를 전달하더라도 목소리와 글은 전혀 다른 느낌을 선사해주기 때문에, 영상을 통해서 저와 교감을 나누는 것과는 다른 느낌을 받으실 것 같습니다. 글로써 다양한 분들과 교감할 수 있게 되어서 기쁩니다. 이 책에 저의 일부분을 담아냈습니다. 저의 글이 많은 분의 마음에 닿기를 바라는 마음이 큽니다.

Q. 이 책을 통해 전하고 싶은 중요한 메시지는 무엇인가요?

A. 결국 독자분들을 응원하고 싶은 마음을 가득 담았습니다. 어떠한 방향으로 나아가더라도 상관없습니다. 그저 원하는 방향으로, 더욱 잘 나아가길 바랍니다. 책을 읽는 시간 동안 문장과 문장 사이의 여백에서 자기만의 생각을 천천히 채워나갔으면 좋겠습니다. 그렇게 그 시간 동안 스스로에 대해서 더 생각하고 더 많은 것들로 채워나갔으면 좋겠습니다. 결국 혼자 있는 시간이

쌓여 비로소 내가 완성된다는 것을 느낄 수 있다면 좋겠습니다. 혼자 있는 당신의 시간을 응원합니다.

Q. 책 속 모든 문장이 특별하시겠지만, 그래도 개인적으로 의미있는 문장이 있을까요?

A. 〈나만의 시간〉 속 문장인 "혼자서 보내는 그 시간이 나를 만듭니다."입니다. 이 문장은 철학 수업 첫 시간에 교수님께서 해주신 첫마디였습니다. 처음 문장을 접한 그날부터, 인생을 대하는 태도가 많이 달라졌습니다. 짧은 문장이지만 이 문장을 만나지 못했다면 제 인생은 지금과는 많이 달라져 있을 것입니다. 그래서 독자분들에게도 전하고 싶은 문장이기도 합니다.

Q. 앞으로의 계획은 무엇인가요?

A. 계속해서 다양한 구독자분들의 생각을 귀담아듣고 마음을 공유하며 대화를 이어 나가고 싶습니다. 서로 마음을 쌓아가는 과정이, 결국 인생에서 좋은 버팀목이 되는 순간이 올 것이라 믿기 때문입니다. 여담이지만, 만약 두 번째 책을 출간하게 된다면

시간이 꽤 걸릴 것 같습니다. 그만큼 이 책에 저의 많은 것들을 담아냈기 때문입니다.

혼자 있는 시간이 나를 만든다

초판 1쇄 발행 2024년 02월 21일

지은이 래띠
펴낸이 김상현

총괄 유재선 **기획편집** 전수현 김승민 **디자인** 이현진
마케팅 김지우 송유경 김은주 김예은 남소현 성정은
경영지원 이관행 김범희 정주연 오한별

펴낸곳 (주)필름
등록번호 제2019-000002호 **등록일자** 2019년 01월 08일
주소 서울시 마포구 동교로25길 23, 정암빌딩 2층
전화 070-4141-8210 **팩스** 070-7614-8226
이메일 book@feelmgroup.com

필름출판사 '우리의 이야기는 영화다'

우리는 작가의 문체와 색을 온전하게 담아낼 수 있는 방법을 고민하며 책을 펴내고 있습니다.
스쳐가는 일상을 기록하는 당신의 시선 그리고 시선 속 삶의 풍경을 책에 상영하고 싶습니다.

홈페이지 feelmgroup.com **인스타그램** instagram.com/feelmbook

ISBN 979-11-93262-10-8(03810)